井上都

ごはんの時間

井上ひさしがいた風景

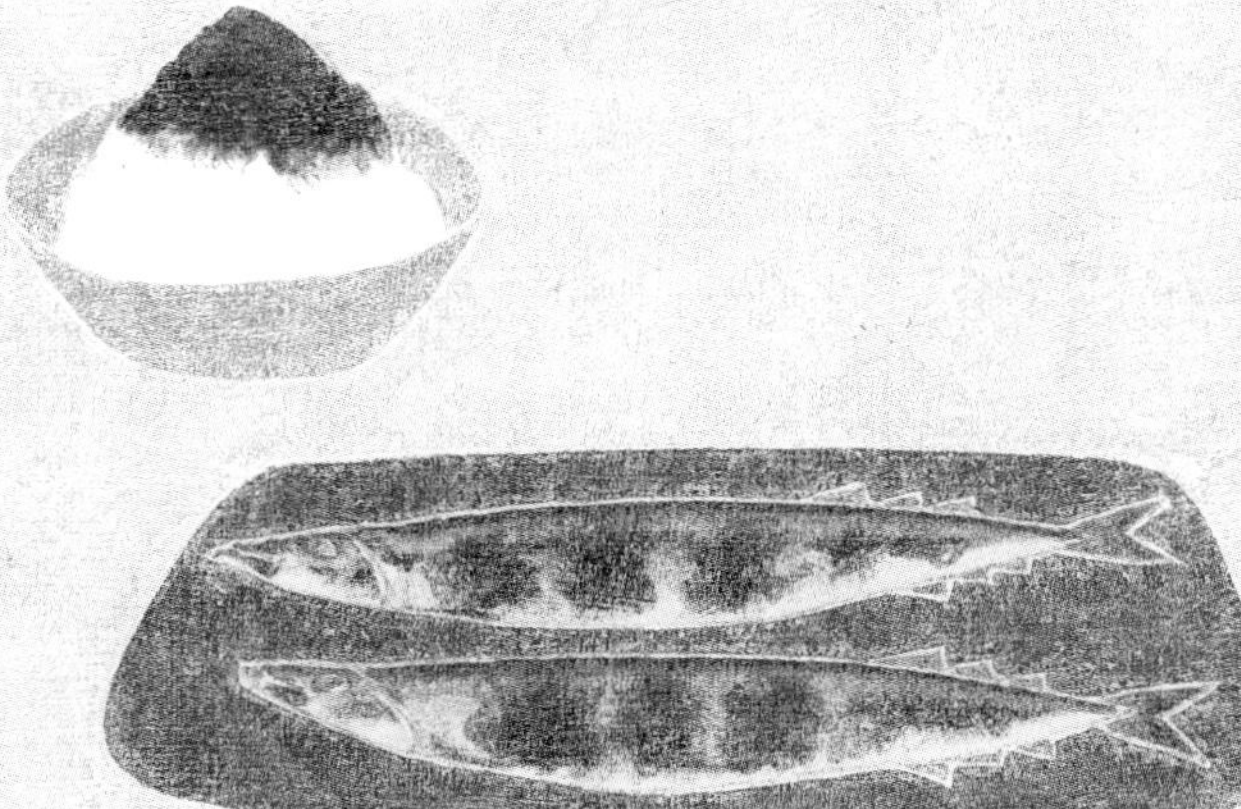

新潮社

ごはんの時間　井上ひさしがいた風景　目次

I

II

装画・挿画　伊藤絵里子
装幀　新潮社装幀室

ごはんの時間

井上ひさしがいた風景

I

鰺の押寿し

「鰺《あじ》の押寿し《おしずし》」は父、井上ひさしの好物のひとつだった。

四月九日は父の祥月命日。墓は鎌倉にある。私は父がそこに眠っているとは思わない派だが、年に一度、命日を外した天気の良い日に一人出掛けて行く。墓は駅から徒歩15分ほどの山の方にある。当然のことながら暗く寂しいところだ。途中、野良犬にでも出くわしたならば引き返すしかないだろうが、せっかくの鎌倉。散歩がてら歩いて行く。花は好きではないと父が話していたと人づてに聞いたが、私は花が好き。白くて静かな花を選び少しだけ買う。

父が座付き作者として主宰した劇団に私は長く携わり、父の書いた芝居の制作をしていた。

「制作者というのはいわば人間の専門家だよ。芝居を通して人生の問題を考える。それが君の仕事」生前、父は繰り返し私を諭した。劇団を離れて初めて、私はなくしたものの大きさに気づいた。

「だから言ったじゃないか」父の声が聞こえるようだ。ザワザワと木々の触れ合う音がする。もうその場が怖くてものの10分もそこに居られない。

帰りに鎌倉駅のホームで「鯵の押寿し」を一折りだけ買う。都内に出てくるとき、父は必ずと言っていいほどこの寿司を手土産に持って来た。おそらく、あるだけ全部と買っていたのだろう。いつも数は足りなかったり多過ぎたりした。父が好んだこの寿司が私はあまり得意ではない。

父はもういないが、鎌倉駅は変わりなく「鯵の押寿し」もそこにある。ぶら下げた寿司の重みは、私がまだこの世にいるという証しなのだ。

バナナ

中目黒駅からガード沿いに1分も歩かぬところに叔父の店、「炉ばた焼　ごっつあん」はある。叔父は死んだ父の弟で父そっくり。父を小柄にしてほんの少し丸くしたような感じ。のれんをくぐると縦に長くカウンターがあり、左側にテーブル席が四つ。しばらく前まで叔父がカウンターの中で魚を焼いていたが、いまは長男にその仕事を任せている。「大将」と呼ばれる叔父の仕事は、お客様の相手と新聞読みというところか。給仕は豪快に笑う叔母が一手に引き受けている様子。身内贔屓になるが、どの料理も素材の味重視でなかなかおいしい。父が死んでから何回か息子を連れてのぞきに行った。父に似た叔父を見るのが主な目的だ。お客様担当の叔父が、一応はお客の体裁である私に言う。

「あんちゃんは七十を過ぎたあたりから、会う度に、庇ってやれなくてごめんなって言ってたけれど、そんなことはないんだね。バナナをよくくれたのね。うれしかったのよ、うまいバナナ」叔父と父は仙台の孤児院に預けられていた時期がある。戦後まもなく、父が15才、叔父が10才ぐらいの頃だ。当時バナナがどのくらいありがたい食べ物だったのかわからない。でも、「バナナねえ」と思う。庇えなかったと詫びていた父、ただバナナを懐かしむ叔父。

6年前、腸の病気で入院して以来、私は腸が不調である。バナナは腸にいいと聞き、つい買ってしまう。だけどバナナはすぐに黒くなり、そうなると食べたくない。捨ててしまうこともよくあった。しかし、叔父からその話を聞いてから、私はどんなに黒く変色したバナナでも、捨てられず口に放り込む。

衛生ボーロ

バスはひどく混んでいた。会社員が残業したか、飲んできたかで帰宅するそんな時間。当時、私は渋谷にある児童劇団に通っていて、普段は母方の祖父が送り迎えをしてくれていた。しかし、その日はなぜか父と帰ることになった。父と二人でバスに乗ったのはあのときが最初で最後。たった一度きりだ。

まだ30代半ばだった父は、あの頃出掛けるたびに見知らぬ人と諍いをした。大抵は大事に至らなかったが、私はいつもビクビクしていた。そのときも、もうバスを降りるという時に父は男性と口論になった。通せとか、何だその言い方はとかそんな話だ。そのうちに、周りの人に迷惑だとそこは意見が合ったのか、終点まで行って決着をつけようじゃないかということになった。

終点は国分操車場。家からは大人の足で30分ほどの距離だ。バスを降りると二人は胸倉をつかみ合うということにはならず、ジリジリと後ずさりをし、足元の砂利を投げ合い始めた。父は私を後ろ手に庇いながら、バスの後ろに隠れろと顎をしゃくって合図した。そのとき、相手の連れの女の声が暗闇から聞こえた。

「やっちまいなよ」その声を聞くなり私は一目散に走り出した。大変だ、父がやられてしまう。母に知らせなくては。振り返ると相変わらず父は投げていた。砂利ではなく、私がその夜父に買ってもらった大好物の衛生ボーロらしきものを投げていた。ああ、あれじゃあ本当にやられてしまう。

その一件がどう片付いたのかさっぱり覚えていない。池に小石を投げるような恰好の父の姿が、真っ暗な操車場とセットでよみがえるばかりである。

茄子の味噌炒め

豚バラに酒と醤油で下味をつけゴマ油で焼く。一口大に切ったナスを加え炒め合わせたところに味噌《みそ》と酒、砂糖に甜麺醤《テンメンジャン》を水で溶いた汁を回しかける。あとは水気がなくなるのを待つばかり。これを白いご飯の上に乗せて食べる。献立が浮かばないときによく作る茄子の味噌炒め丼。

茄子の味噌炒めには思い出がある。

父と母と三人での夕食。幼い私は背の高い子供用の椅子に座らせられ、お匙を握りおじやを食べていた。テーブルの上には茄子の炒め物。父が急に立ち上がり怒り始めた。食べかけのナスを箸に挟んだまま母の口の中に押し込める。抵抗する母の口からナスが飛び出す。父はさらに次のナスを手でつかみ母の口にねじ込める。父はランニングとパンツ姿だ。

「こんなもの食えるか」そこで、私が泣く。

茄子の炒め物はまずいものらしい。長い間そう思っていた。

一人暮らしを始めてまもない頃、料理が苦手な私に、料理上手な友人が「簡単で失敗しないの」と教えてくれたのが、茄子の味噌炒めだった。その後、息子が生まれいやおうなく毎日台所に立たねばならなくなってはや15年。買い求めた料理本66冊。それでも何を作ればいいのか迷いに迷ったあるとき「簡単で失敗しない」はずの茄子の味噌炒めを思い出した。それがすこぶるおいしくできた。息子が「うまい」と平らげてくれた。

それ以来、献立に迷うたび食卓に並ぶようになった茄子の味噌炒め。若かったんだよなあと記憶の中の両親もいじらしくなる。

おにぎり

劇団の仕事をしていた頃、稽古場に役者さんが持ってくるおにぎりに私は心惹《ひ》かれた。役者さんのお弁当におにぎりが目立つのは理にかなう話である。10分休憩と演出助手から声がかかる。裏方さんが次の場への転換をする僅かなその時間に台本を開きながら頬張るわけだもの。

私はその姿に何度見とれたことだろう。空腹だからではない。おにぎりのたたずまいがそうさせるのだ。家を出る前に台詞《せりふ》をブツブツ唱えながらごはんを握っていたであろうその役者さんの姿を思い起こさせるからだ。父は台本を書くのが遅かった。いや、書くのはそう遅くはないのだが、書き始めるまでの準備時間が大層長い。皆が顔を揃え、稽古開始とならないと書き出せない。

休憩時間、片時も台本を手放すことなくおにぎりを食べる姿が浮かぶということはおそらく新作の稽古場だ。初日までの時間が日一日と奪われていく中で、寝る時間も飲み食いする時間さえも削っているであろう役者さんがおにぎりを握る。それがなんとも豊かな時間のような気がして仕方がなかった。「ちょっと来て」なんて演出家に呼ばれて席を立つ役者さんの、机に置いていかれた食べかけのおにぎりに私はお辞儀したいくらいの愛着を感じていた。

いま、毎日のように私はおにぎりを握る。一口で食べられる小さな巾着おにぎりだ。塩をまぶしただけのこともあれば鮭《さけ》を焼いたりとろろ昆布を巻いたりすることもある。おなかが空《す》くとそれをつまむ。出掛ける日にはあめ玉のようにかばんに忍ばせる。おにぎりを握れる時間があればまずまず大丈夫と言いながら。

塩味のスパゲティ

早く寝なさいと母に促され仕方なく妹たちと部屋に引き下がる。けれど寝付かれない。どうしたら明日学校を休めるだろうかと布団かぶって顔突き合わせ各自思案。母には即却下されるだろうが、父になら頼めば許してくれるのではないかと意見が一致し、父が階下で夜食をとる時間を布団の中で待つ。私たちの寝室の前を歩く父の足音がすると、部屋を出て階段に腰を下ろし暫し待機。父と母の会話を盗み聞きし、二人共どうやら機嫌がよさそうだと判断できたら、私が先頭になり恐る恐るヘラヘラ笑いながら出て行く。

「あんたたちいつまで起きてるの」と母がきつく言い咎めると、大方父はこう言った。

「君たちも食うか?」この一言は万事了解のサインだ。明日は晴れてお休みになり、私たちも夜食の仲間入りができる。

夜食というのはどうしてあんなにおいしいのだろう。父が好んで食べていた母の夜食の断然一番は、塩味のスパゲティだった。素麺のような細い麺をベーコンとタマネギとピーマンと一緒にバターで炒め、塩コショウで味付けしただけのさっぱりスパゲティだ。母は味はともかくなんでもパパッと手早く作るのが得意。この細麺スパゲティは早いうえに塩が利いていて私も大好きな夜食メニューだった。

その後、父と母は離婚。再婚した父は新しい家庭でスパゲティの作り方を教わったとよく自慢していた。スパゲティぐらいもう自分で作れるさと。でも私は、あの懐しい塩からいくらいの母のスパゲティをもう一度父に食べさせてあげたかったなあと独りごつ。もっとも天上の父は、「それが余計なお世話なんだよ、君は」と顔をしかめるであろうが……。

新タマネギ

今日は何を作ったらいいのだろう……これは毎日の悩みごと。私がごはんを作るのは息子のためにほかならない。だからひとまず息子に尋ねる。なんか食べたいものあるか？と。「べつにない」「なんでもいい」二つの返答しかないことは百も承知。さて、何を作ろうか。

実際のところ、いま仕事場を出たとき私が真っ先に思うのは「ビールのおともに何を食べようかな」ということだ。お酒に強いわけではなくむしろ甚だ弱い質《たち》で、缶ビール1本で酔っぱらう。それでも以前はとにかく酔うことが私には必要なことだった。劇団の仕事をしていた数年前までは、酔うためにビールを飲んだ。お酒の力を借りて陽気になり、人との距離を一気に縮めてしまおうとした。それが芝居作りにつながると思い込んだ。仕事場を離れてからも明日の仕事が気になった。しかし、いまの仕事は夕方5時きっかりに終わる。明日はまた明日だ。まず一番にビールを飲もう。そのためのつまみを考える。

このところはもっぱら新タマネギだ。水にさらしたそれにかつぶしをかけて醤油で食べる。これが一番好きかもしれない。最近35年ぶりに会った旧友に教えてもらったのは、アボカドの上にたっぷりのさらしタマネギ、その上になめたけを好きなだけのせていただくという一品。アボカドの代わりにお豆腐でもおいしそうだ。せっかくタマネギを買ったんだから、今日はカレーにしようとか、すり下ろしたタマネギとニンニクに漬けた鶏肉を焼いたらどうかしらと、タマネギひとつでなんとなく献立が決まってくるとほんとうに幸せ。

インスタントラーメン

私が生まれて初めて作ったのはインスタントラーメンだ。そういう人は案外多いのではないかしら。

父がテレビやラジオの仕事をしている頃、ちょうど『ひょっこりひょうたん島』を書いていたくらいの時期。ガス台に手が届かないくらい小さく幼い私が、蛍光灯の明かりを頼りに椅子の上に立ち、腕の長さと同じくらいの菜箸を不器用に握りながら、家で一番大きな鍋に大人4人分のインスタントラーメンを作っていたことをとてもよく覚えている。まわりが暗いのはすでにもう夜中であって、赤ん坊だった妹たちは寝てしまっていたからだろう。鍋を見下ろす私の耳に聞こえていたのは、マージャン牌《パイ》をかきまぜるガシャガシャという音。その音の中に父と母の声や一緒に卓を囲んでいるお客様の笑い声が混ざる。

出来上がった素ラーメンをてんでバラバラのどんぶりに取り分けるのに手間どって運んでいくときにはすっかり冷めてしまうのだが、大人たちは大層喜んで「うまいうまい」と食べてくれた。マージャン牌を片手に食べるラーメンだもの、おいしいもまずいもなかったに違いない。

父は自分の手がいいと「キキキキキ」と声を立てて笑うので「すぐ読まれちゃうのよ」と母は言っていた。キイおじちゃんと呼ばれていたくらいだ。

大人たちに褒められた記憶のせいなのかインスタントラーメンがいまでも大好きだ。なんにも作りたくない時には「ごめん」と言って豪勢なラーメンを作る。野菜を何種類か入れるとか、卵を溶いたりバターを落としたりとその程度のものだが、自分一人のごはんだったら毎日それでいいかなあと満足する。

サクランボ

父の生まれた山形はサクランボの産地である。15才で山形を出た父は50才になるまでほとんど故郷に帰らなかった。それでも父の叔母が毎年サクランボをたくさん送ってくれた。普段あまり果物を食べなかった父がこのサクランボにはよく手を出し、傍で食べほうけている私と妹に口を出した。

「君たちはサクランボサクランボと言うけれどね、本当は桜桃と言わなければならない。可哀そうだな君たちは。これっぽっちしか食べられなくて。俺が子供の頃なんか、塩水を入れたバケツを抱えて木に登り自分でこう実を手で取ってだね、何十個と食べ腹をこわしたもんだ」

同じ話をくり返す父に「またか。そんなのどっちでもいいじゃない」と思いながら聞いていた。

一度帰郷して以来、父は年に数回山形に通うようになった。山形にはおいしいものがたくさんある。玉こんにゃくに芋煮、ずんだ餅、漬物。食べるたびに父は感嘆の声をあげ故郷自慢の尽きることはなかった。父の生家は羽前小松にある。米沢から米坂線に乗りかえて30分足らずの小さな駅だ。生家から百歩も歩かぬところに祖父の墓があり、墓の横には小さな桜の木が立っていた。父と一緒に墓参りはしなかったが、私は何度か一人でそこへ行った。しなびたサクランボの実が地面に転がっていた。腹をこわすほど父が食べたというサクランボは佐藤錦やナポレオンではなかったはずだ。登ったら折れそうなあの桜の木がもしかしたら父の言う桜桃の木かもしれない。

サクランボの季節は私にとっても郷愁の季節。甘酸っぱい桜桃のように。

ホットドッグ

お湯に浮かんだ長いウインナーをつまみあげパンにはさみ、つるつるの白い紙で包み手渡してくれるホットドッグ。そこに自分でケチャップとマスタードをかけて食べる。日本だったらキャベツの炒めたものやレタスを一緒にはさんだりするのだろうが、オーストラリアの首都キャンベラではパンとウインナーだけだった。1976年のことだからいまはもう違うかもしれない。

その年父はオーストラリア国立大学に客員教授として招かれ大学内に一部屋をもらっていた。学生を直接教えるわけではなかったが、一応毎日そこへ顔を出す。そして構内にある郵便局へ行き当時書いていた戯曲『雨』の原稿を日本へ送る。私は中学2年生だったが、英語が話せないので近くの公立小学校の6年生へ妹といっしょに編入した。5人家族のうち母と2人の妹は先に日本に帰ることになり大学との契約がある父と私が残ることになった。一緒に通学していた妹が帰ってしまったあと私は学校に通わなくなり、父について歩くことが多くなった。大きな公園のようなキャンベラの町をホットドッグを食べながらただただ歩いた。車の運転ができる母がいなかったから歩くしかなかったのだ。

歩きながら話したのは見た映画のことばかりだったが、あるとき父がなんの話の続きだったか、どんなときでも人間には希望がある、そのことを自分は書いているのだとそう言った。さて、なんの話から出た希望だったのか？　オーストラリアでは生活に必要なものは安い。例えばパン、牛乳、卵、そんな話からだったろうか。おかしな具合にホットドッグと希望はいまでもつながったまま私の心の中にある。

梅の漬物

関東地方梅雨入りの報を耳にした日、真夏日から一転の雨降りの中、仕事帰りに、今年はじめての紫陽花《あじさい》を見た。

「私道につき無断立ち入り禁止」と板に手書きで書かれている小道の奥に青紫のその一群

があった。雨に蒸れた景色の中でその色は目に冴えて、私は3年前に死んだ花好きの祖母を思った。

福島はいわき生まれの祖母は、毎年大きな樽《たる》いっぱいの梅の漬物を作っていた。ひとつ屋根の下に暮らした20年間、忙しい母の代わりに家の賄いは料理上手な祖母が一手に引き受けてくれていた。

六月に入ると、祖母は玄関脇の小さな水道のところで裸足になり赤いシソの葉に大量の塩をまぶし足で踏みながらどすぐろい赤紫の汁を出していた。その汁に大根、キュウリ、根生姜《しょうが》、茗荷《みょうが》、そして梅の実を漬け込むのだ。2、3日もすると大根やキュウリはきれいな赤紫色になる。梅の実はまだまだ青い。一足先に食べごろに漬かった大根やキュウリをおかずに、あたたかいご飯に麦茶をかけてお茶漬けさらさらにして流し込むのが私は大好きだった。そのうち1週間もすると、梅の実も赤紫色に漬かって出てくるが、なかなか手が出せない。ものすごくしょっぱいからだ。大根とキュウリは真っ先に食べ尽くされるが、梅の実ばかりが毎年残っていた。

「入梅時は梅が体にいいから。暑気払いに食べな」と祖母は言った。

祖母が死んでから、母が毎年同じような漬物を作っているが、その量も味も祖母のそれには到底及ばない。足で汁をもみだす。きっとそれが決め手なのだ。

味噌汁

半世紀も生きてきたことに驚くばかりのこのごろ。息子と笑っているときも慣れない仕事にあたふたしているときも、妹とケンカしても母をなじっていても、残された自分の時間を意識せずにはいられなくなった。あと何年、あと何日、あと何回と数えるような気持ちになる。サッカー・ワールドカップに夢中の息子につきあって毎日寝不足でフラフラしながらふと思う。４年後がずいぶん遠くなったなあ。要するに心細い。心もとないのだ。

こんな心境のとき若い時分は、飽きるまで寝るとか、お酒を飲んで酔っ払ってしまうとか、あるいは買い物したり相手構わずおしゃべりをしたり、自分の心をしばし忘れて楽しいことをすれば、一時しのぎになった。しかし、いまはもういけない。必要以上に眠ってしまうと家が動かない。飲み過ぎると体調が悪い。買い物をする余裕もないしこれ以上物を増やしたくもない。口は災いのもとだということも身にしみている。そこで私は一人でこなせることを探すようになった。まずはお風呂で読書をすること。汗を出すついでに毒も出す。もうひとつは味噌汁作りだ。

正確には出汁《だし》をきちんととることだ。出汁の匂いは元気が出る。こんな自分でもなんとかやっていかれそうな気がする。たとえ料理に失敗しても、この味噌汁があるからいいじゃないかとそう言いながら作る。料理が苦手な私の強い味方だ。私はワカメとジャガイモの味噌汁が一番。息子はトマトとレタスの夏味噌汁が好きだ。これ幸いと調子に乗って味噌汁をサラダ代わりに、おかずはふりかけということもたまにある。

クラブハウスサンドイッチ

目の前で父が怒っていた。シトシト梅雨の雨が降る午後の小さな喫茶店。そのとき父は『父と暮せば』という原爆をテーマにした二人芝居の執筆にかかろうとしていた。

最初は説教強盗の話だった。すまけいさんに当てて書く新作の一人芝居に説教強盗の話はピッタリだと思った。しばらくするとそれは図書館司書の話に変わっていった。調べているうちに興味が変わることは当たり前のことだ。

一人芝居が、父と娘の二人芝居に変化したその経過もほとんど覚えていない。が、私にとって『父と暮せば』が忘れ難い作品になったのはこの午後の思い出、ただただ批判され続けた記憶から始まる。

父と喫茶店で向かい合う数時間前のことだった。劇団の事務所にかかってきた電話をとると静かな声で「原爆を芝居にすると伺いましたが、被爆者をどう扱うおつもりなんでしょうか？」と問われた。自分は被爆体験を持つ者だがと重ねてその人は言った。

「被爆した人にとっては原爆ってやはり簡単にふれられたくないことなんだよね」と、こんな電話があったということをただ父に伝えておきたくて私はそう言った。父の顔色が変わるのがわかった。

「おまえは間違っている。おまえのように、被爆していないからわからないとか、そういう考えが一番よくない。原爆は人類共通の体験なんだ。おまえこそ簡単にものを言うな」

父のコーヒーは冷め、私が頼んだアメリカンクラブハウスサンドイッチは干からびつつあった。

雨だれの音といつまでもコーヒーをかきまぜる父のスプーンの音がいまもよみがえる。

小豆

まずは小豆を煮よう。中学3年生の息子が2泊3日の修学旅行に行く水木金を使ってコトコト小豆を煮ようと息子が出かけた後、鍋にいれた小豆を水に浸した。

豆類が好物だ。枝豆でも黒豆でも金時豆でもそら豆でもなんでもいい。枝豆やそら豆は茹でるだけだが、一晩水にふやかしてから煮る小豆などはなかなか作らない。いい機会だ。

ビデオも借りに行こう。今夜は出来合いの弁当でも買ってきてビールを飲みながらビデオ三昧だ。W杯も息子がいないのでパス。久しぶりの解放感をゆっくりと味わおう。息子が中学に入学したときから実は楽しみにしていたこの3日間がようやく巡ってきたのだ。洗濯も掃除もしない。とりあえず昼寝しようかなと、ソファに寝そべった途端に、ガガガガガガとものすごい音がした。マンション改修工事の真っ最中であることを思い出した。とても寝てなどいられず飛び起きた。

水につけた小豆にはまだ何の変化もない。

急に息子のことが心配になった。新幹線にはちゃんと乗れたかな。忘れ物はなかったかな。夜はちゃんと眠れるだろうか。喉がかわいていはしないか、友達とはぐれたりはしないだろうか。なんだか機械の音が平常心を奪っていくようだ。今回は3日間だけれど、下宿したり一人暮らしをしたりするようになったら、毎日心配は尽きないんだろうなあ。

その日私は何もしなかった。ただ機械の音に耐えながらぼんやりしていた。

2日後に息子が「ただいま」と帰って来て、鍋に入ったふやけた小豆を見て言った。

「ええ?!　今日の夕飯、豆かよ」

揚げ餃子

母の家は私のところから車で15分の距離にある。その家は母の姉、私には伯母にあたる人の持ち家で、一昨年の暮れから母が借りて住むことになった。

70を過ぎた母が、便のいい都内のマンションから江戸川を越えて千葉へ、最寄り駅からも離れた古い一軒家に引っ越すことを私はあまり良いとは思わなかった。母には負担になるだけだろうと危惧した。しかし、母は越してきた。おそらくその家が、四十数年前に父と母が初めて買った建売住宅の建っていた正にその場所に建っているから。

何が起こるかわからない人生だから、毎日後悔しないように生きなさいが口癖の母だが、父が死んで一時、3人の娘たちのつながりもバラバラになり、自分が家を守れなかったと母なりに悔やんだりしたのではないかしら。かつて住んでいた場所にいま再び戻り住むことが、母には自分の必然のように感じられたのかもしれない。

あるの？と母にきかれ、いつもはあるあると断っていたお米を、私から電話をかけて「もらえる？」と頼んだ。週末なら家にいるから取りにいらっしゃいと歓迎されて出掛けて行った土曜日。まだ明るい時間だったが、母の夕飯はすでに始まっていた。枝豆や漬物やポテトサラダや、得体が知れない自家製南蛮味噌とやらの置かれた食卓の真ん中に、揚げ餃子《ギョーザ》の大皿があった。母の餃子は焼くでも茹でるでもない揚げ餃子だったことを久しぶりに思い出した。

「食べていきなさいよ」昔と比べると少々パサパサした味わいの揚げ餃子ではあったが、10個は食べて私は帰ってきた。

日の丸弁当

子供たちの夏休みが始まる。子供だった頃、指折り数えて待ちわびた夏休み。自由気ままな毎日を思うとうれしくてたまらなかった。しかし息子が生まれてからは、その長さに気が重くなる。

演劇の仕事をしていた時分、毎年言うなれば夏はかきいれ時で、夏休みは当然のことながらなかった。お盆の時期になると保育園もお友達がグッと減って、いつもと違う静かな部屋の様子にキョトンとしている息子を振り返りながら仕事場に急いだ。カレンダーに色がついている日は休みたい。そう強く感じるようになったのは私からしたら当たり前の感情だった。それでも保育園はまだ気が楽だった。お昼には調理師の人が作ってくれた給食を食べさせてくれるからだ。昼の一食はしっかり食べてくれていると、心強かった。ほとほと困ったのは息子が小学生になってからだ。学童保育には給食がない。学校が休みの間は毎日お弁当を持たせなくてはならない。1年生の夏休み私は早々に音を上げた。同居していた彼にあるとき文句を言った。

「父親なんだからたまにはあなたがお弁当を作ってよ」

「わからない人だねえ」と彼は言った。

「あんたが作るからいいんだろうが」

「ええっ？　そうなの？　私が作ればたとえ日の丸弁当でもいいわけ？」

口数の少ない彼は私を見もせずに頷いた。

うまく乗せられた感がないではない。だけれどもその一言がお弁当づくりを支えてくれた。代わり映えがしないいつもの弁当も日の丸弁当よりはいいじゃないかと。

素麺

夏はもっぱら素麺を食べる。息子には焼きそばだナポリタンだラーメンだと手を替え品を替え作りはするが、私は素麺一辺倒だ。

子供の頃は、夏が来れば毎日のように、タマネギと油揚げの入った漬け汁に素麺が昼ごはんだった。一口大にクルクルとまるめた素麺を山のように盛った皿を囲んで、縦半分に切って味噌を挟んだキュウリを片手に素麺をすすった。満腹になるとごろりと横になりミンミンと蟬の鳴く声を聞きながら目を閉じた。あんな心配のない和やかな気持ちで過ごせることはもう二度とないのかもしれない。時は過ぎたのだ。ゆっくりと気づかぬうちに着実に。

今日は素麺の日と決めたら、起きぬけに素麺一包みをそっくりゆでてしまう。熱々のうちにまず食べる分だけを皿に取り、そこにオリーブオイルを回しかける。塩を多めに振り、とろろ昆布をまき散らす。それに醬油を少々、海苔《のり》を千切ってのせる。息子には「なにそれ？　おいしいの？」などと聞かれるが、十分においしい。

残りはしっかり水で洗って昔と同じように一口ずつをまるめて冷蔵庫に入れておく。そしておなかがすくたびに食べる分だけを皿に置き、今度はバターをのせて電子レンジで温め直し、醬油をかけて食べる。一包みの素麺は3回か4回おなかがすいて食べたらもう終わってしまう。そこで夕飯のときには、味噌汁に素麺を二つに折って入れ滅多に食べない卵をおとしていただく。これはこれでとてもおいしい。素麺でもなんでも素材そのまま、塩でもあればそれが私は一番好きなのだ。

夏のトマトシチュー

子供の夏休みだからこそのシチューを作る。ただでさえ暑いのに聞くだけで汗が出そうなシチューを狭い台所で扇風機を回しながら作る。焦らずに作れるのは、子供の学校が休みのときだけだ。普段の夕飯は遅くても9時までには終わらせなくてはならない。だから焦る。その焦りが手先に伝わり思わぬ失態。指を切る、醤油の瓶を引っくり返すなど作業が滞るのだ。しかし、明日学校がないとなれば多少寝る時間に夕飯が食い込んでも安心だ。

早い遅いということには悩まされてきた。子供の頃は足が遅いために、真面目に走れと何度も50メートルのタイムを計らされた。運動会の徒競走はもちろん万年ビリ。速いものにも弱い。飛行機も苦手だしリニアモーターカーなどはとんでもない。

そういえば父は遅筆堂と自らを称したが、実際のところ父は遅筆ではなかった。戯曲を書き始めたら大抵は3週間で脱稿した。ただ、書き始めるまでがひどく長かった。

息子の名前に入っている一字は速いという意味もあるのだが、命名したつれあいから、筆の遅い作者に苦労した母親から生まれた子だからその字をあてたのだと聞かされた。その息子も私に似てなんでも恐ろしく遅いけれども。

肉に塩コショウと小麦粉をまぶし、にんにく入りのオリーブオイルで焼き、そこにブランデーを加え一煮立ち。お酒で代用しないことと本にあったから、ブランデーの小瓶をあちこち探し回った。なんて不経済な私の料理。そんな自分に疲れつつ、トマト缶とスープの素《もと》で夏のシチューを、自称せっかちの私がゆっくり作る。

どろどろスープ

砂浜の監視台に毎朝旗が立つ。赤は遊泳禁止、黄色は遊泳注意、青は遊泳安全だ。私たちがひと夏を過ごしていた借家の2階の窓から妹やいとこたちと代わる代わる首を伸ばして旗の色を確かめ合うのが一日の始まりの日課だった。母方の祖父母と、私たち姉妹3人を含めた孫7人は夏休みの始まりと同時に千葉の御宿へと出掛けて行った。ちょうど私が小学校に上がった年から6年間、それは夏の恒例行事だった。

その家は小さな2階家で、1階に台所、風呂場、お手洗い、食事をする部屋があり、2階には細長い一間があるきりだったが、道路を挟んだすぐ向こうがもう砂浜という好条件に建っていた。10時になるのを待ちかねて、祖父を先頭に銘々の浮輪を腰につけた私たちがカルガモの行進よろしく砂浜に向かう。まだ50代後半であったろう祖父が、大きなパラソルを砂浜深く力いっぱいに掘り立てた。海の家のスピーカーから流行歌が大音量で流れ、私たちは地元の子よりも真っ黒だと笑われて、それがなんだか誇らしく夏休みを満喫していた。母やおばたちが訪ねてきた日は、祖母が特製の野菜スープ、どろどろを作った。かたくり粉でとろみをつけたこのスープに小鯵の空揚げを浸しながら食べる。鰹《かつお》だしのきいた醤油仕立ての薄味のスープに小鯵の塩辛い油がいい具合に溶けて、いくらでもお代わりできた夏の魔法スープどろどろを私たちは楽しみにしていた。

海水につかると水着にチクチクとトゲのようなものが刺さり、海に入れなくなった夏を機に御宿行きはなくなった。翌年、私は中学生になった。

八月のすいとん

夏休みの朝、目が覚めて階下に下りてゆくと祖父母がテレビに見入っていたあの光景を思う。麦茶を取り出しながら「おはよう」とあいさつを交わし、なんの気なしにテレビに目をやれば、そこには平和式典の模様が映っていた。ヒロシマの朝も、ナガサキの朝も、祖父母はテレビの前に並んで座り何も言わずそれを見つめていた。父と母はまだ寝床の中にいて、夏休みはまだずいぶん残ってもいて、私は声をかけることが出来ぬまま祖父母の背中を寝ぼけた姿で麦茶を飲み飲み眺めていた。八月の思い出だ。

死者がすぐそばにいると信じるようになったのは、8年前につれあいを事故で亡くしたとき以来だ。仕事帰りに自転車をこぎながら空を見上げてなぜかふと「ああ、今そばにいるな」と感じる。それは説明のできない、自分でも予想していないことで、心の中をすーっときれいな水が流れてゆくように「だいじょうぶ、なんとかなる」と思う気持ちそのものなのだ。

4年前に死んだ父の場合は必ず夢の中に現れる。陽気な声で「おお」と声をかけるその姿が目覚めた後も胸に残り、父は守ってくれていると私は疑わない。

八月の夏休みの昼は、たびたびすいとんが出た。それはとても美味《おい》しい汁物で、昆布と鰹の出汁《だし》のにおい、それがしみこんだ薄く切った大根と、うどん粉団子がどちらも美味だった。

「これなら毎日でも食べられるよ」と祖母に言うと、「こんなんじゃなかった、昔のすいとんは」とニコリともせずに言う。死者は生者と共にいる。八月はそのことを忘れない。

茹でたジャガイモとゆで卵

とても若い晩年、マリリン・モンローは茹でたジャガイモとゆで卵とシャンパンを主食としていたと本で読んだことがある。それは太らないための食べ物であったらしい。しかし太りそうな気もするがどうだろう。とにかく8月はマリリンの亡くなった月であるので、大ファンの私、何度かこのメニューをまねてみる。シャンパンは赤ワインで代用する。まねたところでマリリンに近づけるわけではないが、映画会社を解雇され、それでも死の直前、とても快活で生気にあふれていたというマリリンを偲ぶ。

その死を巡っては、いまもなお自殺説、他殺説と謎に包まれたマリリンだが、私は、他殺説を支持している。マリリンは殺された。肌身離さず持っていた赤い手帳も見つかっていないというし、きっと国家の秘密をそうとは知らずに知ってしまったのだ。亡き父の話では、国家の秘密資料は75年間の封印の後、公開されるらしい。マリリンの死が、ケネディ大統領に関係していたとするならば、私が76才になったときにその謎は解明されるのかもわからない。期待で胸いっぱい。それまで生きていたいと願う。

さて、ジャガイモとゆで卵を塩とマヨネーズで食べるだけでは献立にならず、マリリンに浸っていたい気持ちを切り替えて、息子用にウインナーとタマネギとを炒め合わせたジャーマンポテトを作る。面倒なときには、もうみんなまぜこぜにマヨネーズであえてポテトサラダにしてしまう。

真実は求めても得られないものなのかもしれない。人は多面体で人間は複雑なものとの思いが募る。しかし、知りたい気持ちをなくしてなるものかと、ジャガイモ片手に私は唸る。

あめ玉

目は文字を追っているのに内容が少しも頭に入ってこない。あまりに多くの出来事、事件や災害が起こっていることを、新聞を開くたびに思い知らされて頭が混乱しているようなとき、私はあめ玉を口に入れる。一休止、一呼吸、こめかみ辺りの力を抜いてみる。

あめ玉の効用を私は現在の仕事先で覚えた。立ったままの作業が続く午後3時、主任さんがあめ玉のたくさん入った小さなバケツくらいの赤い缶を順に回してくれる。一人一粒ずつ好みのあめ玉を取り口に放り込む。力の出る飴でもやる気の出る飴でもないどこにでも売っているあめ玉だ。その一粒がなんともおいしい。終業時間まであと2時間、もう一息という気分が広がる。同じ釜の飯ならぬ同じ缶の飴というところ。

懐かしいのは父の机に載っていたドロップ缶だ。いまでも輸入品店でよくみかける金色の丸い缶のあれだ。子供の口には少々大きすぎる色とりどりのドロップが白い粉にまみれて入っていた。父が留守のときなどはクルクル回る父の椅子に座りながらこのドロップを頂戴した。父のいない父の書斎はいつでも憩いの場だった。逃げて隠れるところだった。暑い夏もひんやりしていた。だから、普段見かけたことのない外国製のドロップが秘密のあめ玉、魔法のドロップのような気がしていたのかもしれない。父にとっては禁煙の口さみしさを紛らわせるためのドロップだっただけなのにおかしなものだといまでも思う。

先へ先へ次へ次へとはやる心をあめ玉で落ち着かせ、再び新聞を広げてみる。八月がまもなく終わり、秋が巡ってくる。

チキンのジュウジュウ

8月31日、日曜日、今日で夏休みも終わる。明日から新学期だ。応援のつもりで息子に、晩ごはんは何が食べたいかと尋ねてみたら、チキンのジュウジュウと言う。チキンのジュウジュウは本当の名前を鶏のスパイシーグリルといって毎日新聞に連載中の「西原理恵子のおかん飯」で覚えた料理だ。ビニール袋に入れた鶏肉に、オリーブオイル、すったニンニク、塩、クミンシード、オレガノ、黒コショウ、唐辛子をもみ込み、オーブントースターでこんがり焼くだけの手軽さ。料理下手の私にもおいしくできるこのありがたいレシピにこれまで何度助けてもらったことだろう。私はいそいそと自転車にまたがり、鶏スペアリブ（手羽中）を求めて夕方の街へ出た。

雲の切れ間にきれいな秋空がのぞく。少し強めの涼しい向かい風が肌に心地よい。夏が去りつつあることをあらためて感じながら、いつも自転車に乗るとそうするように、行き交う人々に目をやった。赤ちゃんを抱いて寄り添い合う夫婦、子どもたちのはしゃぎ声、背中を丸めとぼとぼと歩くおばあさん。皆、私同様、いまここに生きる人たちだ。秋風はこの街角を吹くのと同じように日本中を吹き抜けてゆくのだろう。涙も汗も笑顔も秋風に吹かれそれぞれに過ぎてゆく。

この私にしたって、人並みに思い煩うこともある。今日の煩いがどうか明日はその姿をかえていてくれますようにと思い切りペダルを踏んだ。もうひとふんばり、心をまっさらにして冬の寒さに備えなければ。

息子はチキンのジュウジュウ３００グラムを平らげた。新学期に幸あれ。

サンマ

週に一度は魚を食べること。舞台の大道具を仕込んではバラす裏方だった彼は、長い地方公演に出かけるとき置き手紙にきっとそう残して行った。

彼とは息子の父親、私のつれあいのことだ。回りくどい言い方しかできないのは、私たちが結婚をしないままだったから。いわゆる結婚願望のまったくない女であった私は、35才を過ぎて、もう自分には結婚も出産もないだろうと考えた。よし、好き勝手に男の人を追いかけて、好きなように酔っ払い、好きな場所に流れ生きようと、小心者のくせにそう思った。ほんとうに小心者のくせにだ。ところが、思いがけず息子を授かった。小さくて思うように寝てもくれず、一人では何もできない赤ん坊は、それでも母親である私を目で追い泣いてすがってきた。そんなに慕わないでと私は息子から逃げ出したかった。壊してしまいそうで駄目にしてしまいそうで恐ろしかった。不安でたまらなかったのだ。そんな私を傍でみていた彼は、はるかに母親らしい父親だった。息子をおぶい洗濯物を干した。

オムツを換えてリンゴをすり寝つくまで抱っこして体を揺らしていた。

彼が突然逝った九月から丸8年が過ぎ、いまでは週に一度どころか魚を食べることがほとんどなくなった。せいぜい干物か塩鮭程度だ。それでも店先にサンマが出回り始めるこの時期だけは毎年違う。私はせっせとサンマを買う。塩を振って丸ごと焼く。たまにはゴマ油をひいたフライパンで蒸し焼きにする。大根おろしをこれでもかというくらいにすり下ろして、ちゃんと食べてるぞと得意になっている。

ゴマ

しばらくぶりで会う知り合いがめっきり痩せていたり、反対にすっかり肉付きよくなっていたりと、50を過ぎて見かけが変化してゆくことをさすがに認めないわけにはいかなくなってきた。痩せていれば体の具合がわるいのかもしれないと慌て、太っていれば不摂生をしているのではないかと勘ぐる。若い頃のように「きれいになったね」「健康的でいいよ」とのんきに声が出せなくなった。それはおそらく相手から見た私自身も同じことであろう。年をとることを今の私はまだ受け入れることができない。頭では合点しているが心が抵抗しているちょうどそんな境目にいるようだ。見かけは相応でいい。大事なのは体調であり、心の中身だと分かってはいるのだが、鏡をのぞき込んでは、目尻を見てはため息、首筋を両手の指で下に引っ張ってみる。息を吸っておなかを引っ込め二の腕についたぜい肉をつかんでみる。一番気になるのは白髪だ。白髪をほんとうに目立たなくするためには、黒く染めるのが一番よいそうだ。真っ黒な髪は不自然、それならいっそ何もせずゴマ塩頭にしてしまおうか。しかし、なかなかその踏ん切りはつかない。

そんな気持ちの表れか、ゴマ塩頭からの連想か、ふと気がつくと私は料理にゴマをよく使うようになっていた。野菜炒めはゴマ油を使ったうえにすりゴマをたっぷりふりかける。さっぱりお浸しにするよりは断然甘いゴマあえを作る。なんにでも香り付けのゴマ油にすりゴマのおまけつき。白いごはんにはもちろんゴマ塩をふる。心が決まるまでもうしばらくのゴマ頼み。

クリームソーダ

日曜日の夕刻、マーケットは賑わっていた。「♪あの娘《こ》はどこの娘　こんな夕暮れ」と、四十数年前の流行歌を口ずさみながら私は自転車を降りた。

「♪しっかり握りしめた赤い風船よ」

この歌がはやった頃、私は小学校5年生だった。父はまだそんなに忙しいようにはみえず「パパはいつか大作家になるんだから」と言う母の方がよほど忙しく電話をかけたり来客をもてなしたりしていた。あの頃、夕方になると父はたばこを買いに散歩に出かけるのが日課だった。母と祖母が台所に立ち、祖父が水やりに励み、夕暮れの家の中が急にざわざわと動き出す。夕飯までの時間潰しにと父が私と2人の妹を誘い出す。

末妹の手を引き歩く父の後ろを私は雑草を抜き抜き歩いた。すぐ下の妹が私たちの前になり、後ろになりいつもはしゃいでいた。どこの家の窓にも立ち働く人の気配がし、トタンでできた煙突からいい匂いの煙が出ていた。散歩のしまいに立ち寄るのが喫茶店「赤い風船」だった。

父はコーヒーを、私たちはクリームソーダを頼んだ。「赤い風船」だからなのか、そのクリームソーダは赤い色をしていた。使ったシロップの色が違うただそれだけなのに、私たちは珍しいその色がうれしくて、ソーダの色をにごらせぬようアイスクリームを静かにすくって食べた。あの頃、夕飯前のそんなひとときがいつまでも続くような気がしていた。マーケットに入ろうとしたとき、ふーっと風が通り過ぎた。小さな女の子が私を追い越して走って行った。

最後の丼

死んでしまった身内は6人、その中で最後に口にしたものがわかっているのは、夫になり損ねた彼と母方の祖父母の3人だ。彼は事故の間際に立ち寄った新宿・ゴールデン街の店で出されたお通しの奈良漬けだったと店のママさんが話してくれた。祖父は入院中の病室に差し入れられた鰻《うなぎ》、祖母の場合は急な心筋梗塞《こうそく》で逝ったので伯母家族と食べた前夜の天ぷらが最後の食事になったようだ。

父方は、大昔に亡くなった祖父については知りようがないし、祖母の葬儀で岩手・釜石に行ったがそんな話は聞こえてこなかった。父・ひさしのことは何もわからずじまいだ。人づてに教えてもらったのは、食事が喉を通らなくなってからお見舞いにいただいた文旦《ぶんたん》の果汁を搾って飲んでいたらしいということだけ。

人生の最期に何を食べたいですか?と、たびたびどこかで目にし耳にもする問いを台所に立ちながら私はよく考える。何がいいだろう。やはりしっかり満足できるものがいい。大好物ばかりを並べておなかいっぱい食べたい。そうなると白いご飯は欠かせないから、その上に好物をのせられるだけのせた丼なんていいかもしれない。

炊き立てご飯に、まずとろろ昆布をちぎってのせる。その上に豆腐をグチャグチャに潰して置く。さらに明太子とエノキダケ、アボカドにポテトサラダ、ワカメに枝豆を重ねてゆく。そして、醤油をたっぷりかけて。なんだか今すぐにでも作って食べられそうな丼だと気づいた。また忘れるところだった。大切なのは最後の晩餐ではなくいつだっていま作ろうとしている目の前のごはん。

節約料理

昼の休憩に数人の携帯電話から警報が鳴った。地震？と身構えたががけ崩れの避難指示だった。その日は朝から台風で、激しい風と雨だったがその時間にはすでに日が差しはじめていた。地震でなかったことに私は安堵《あんど》し、家でおそらくまだ眠っているであろう息子を思った。

息子は中学3年生、世間的には高校入学を控えた受験生だ。それなのに夏休みが終わり一カ月、およそ受験生とは思えないのんびりとした毎日を過ごしている。お笑い番組を楽しそうに見て漫画を熱心に読む姿が嫌でも目に入る。これでいいのだろうか。母親である私が厳しく尻をたたいて勉強に向かわせる必要があると奮起する日もある。しかしまた別の日には、こんなにのんきに過ごせる時期はいましかないのだから好きなようにさせてやろうとも思う。だいたい学校は詰め込み過ぎだもの、もっとぼんやりしていていい。この繰り返しだ。学校は行くもの、勉強はやるもの、考える余地なしと頭ごなしに言ってやれない親である自分にも悩む。

「風呂掃除はやっておくから。お米も洗っとく？」最近、私が出かけるときにはそう聞いてくれるようになった。

「夕飯、節約料理でいいよ。野菜炒めでいいから」

生姜とニンニクを刻みゴマ油で炒めること、塩コショウ、鶏ガラスープで味付けてすりゴマをたっぷりかけること。それを守れば冷蔵庫にある野菜でいい。だから節約料理だと言う。そろそろ起きだして残った野菜炒めで作った焼きそばを食べているかしら。

その日のがけ崩れ避難指示は午後3時過ぎに解除された。

鶏団子鍋

三十数年来の友人が久しぶりに家に来ることになり、私は鍋を作ることにした。

その日目が覚めたら、昼はとっくに過ぎていた。慌てて飛び起き、土鍋に水を入れ昆布を浸した。鍋にはいろいろあるけれど、一番無難な鶏団子鍋にすることは決めていた。呪文のように「あわてない、あわてない、急《せ》いては事を仕損じる、慌てる乞食はもらいが少ないとも言う」などとぶつぶつ言いつつ、食卓の上を片づけて鍋が置けるようにした。掃除をしながら目の端に『井上ひさし短編中編小説集成』の文字が見えていた。２０１４年10月から刊行が始まったその分厚い本は、つい何日か前に送られてきた。

私は父の小説を読んだことがない。しかし、父が死んで初めて父が何を書いていたのか知りたくなった。父の小説がいまならば読めるかもと思った矢先に本は届いた。鍋にしようと割にあっさりと決められたのは、その本を手にしたからでもあった。本の中に父の軌跡があるように、鍋に人の一生があるかのような気がした。

水の中でふやける昆布は、どんな鍋になるのか期待いっぱい、まるで子供のようだ。沸騰したところに少々の味をつけそこに鶏団子を落とす。スープがいい色に変化してゆくさまは社会に出て行く準備ができた20代。そして、順に加えていく具材は経験の数だ。食べ頃は30、40代か。グツグツ煮込まれ始めると私の50代。しなびた具は醜い。が、スープはますますおいしくなっているはずだ。はずなのだ。

私という鍋にいままた父の小説を入れたら、どんなおじやになるのだろう。

ユンケル

ずいぶん前から右足が痛かったが座ったり立ったりしなければ痛まなかったので放っておいた。ところがある日突然、足が突っ張って動かせなくなり慌てて整形外科に駆け込んだ。

「ああ、これは膝だよ。ほら、こんなに腫れているのに気がつかなかったの？」

柔和な人柄の老先生はそう言って直径2センチはある太い注射器を手にほほ笑んだ。ちょっと待ってと言う間もなくブスッと見たこともない太い針が私の右膝に刺され耐えること1分。「結構取れたよ」と先生が差し出した注射器の中に黄色い水が8センチほど入っていた。

その色は父のメモにあった「正にユンケル液のような液体」の文字を私に思い出させた。父・ひさしは末期の肺がんで胸水がたまり呼吸ができなくなって初めて病院へ行ったらしい。そして胸水を2・5リットル抜いてもらったのだった。

「18ccあったよ。18グラム痩せたね」と老先生は笑って言った。

18ccの水が膝にたまるだけであんなに痛いのだ。2・5リットルの水がたまった肺ってどんなに苦しいのだろう……。たとえ肉親でも、その苦しさは我が身の苦痛に照らしてみなければ思いやれないものなのか。帰り道、私はユンケルならぬオロナミンCを買い、取ってもらった分を補うかのごとく一気に飲んだ。その夜、父の夢をみた。実は父は死んではいない。どこか人知れぬ場所で生きている。時折、検査のために町に出てくるのだ。待ち伏せをしていた私の前をカツラと帽子で顔を隠した父がユンケルをいっぱいに詰めた鞄《かばん》を両手に抱え、うれしそうに通り過ぎて行った。

柿

小言が長引いた日曜は夜になって雨が降り出した。息子がプイと出て行った。

私の身長を追い越したのはいつの頃だったか、私に似た丸い背中は無言のままドアを閉めた。そのうち戻ってくるだろうと私は風呂に入りビールを開けてテレビをつけた。見るわけでも聞くわけでもなく、ただ、いつもと変わりなく過ごしていると思い込むためにそうやって座っていた。

傘も持たずに一体どこへ行ったのだろう。子を叱ることのできない私だが、たまには母親然ともっともらしいことを言っていいと鉄石のごとく踏ん反り返っていたが、夜も12時を回ったあたりから俄然不安になってきた。そぼ降る雨に冷えているのではないか、もしかしたら私が捜しに来るのをどこか暗がりで待っているのかもと表に出てみたが姿は見えない。1時前に息子はぬれて帰って来た。うつむいた暗い表情が泣いているかのように見えてうろたえ、「柿あるよ。むこうか?」とつながりのない言葉をかけた。

返事もせず息子は寝てしまったが言い出した手前、食べたくもない柿をむいた。種なし柿のはずが中には一つの種があった。

種を包丁でこそげ取り、いつでも食べられるように皿にのせ冷蔵庫に入れた。かた過ぎもせず熟れ過ぎもせずその実は橙色《だいだい》に光ってみえた。

ああ、種だった。子のない人生のつもりがひょっと授かった息子は私にとってたった一つの種なのだ。扱いに困ろうが行く先を案じ思い煩おうがとにかく実になるまでどんなときも私は耐えなくてはならない。いつか読んだ「実を取り入れる時には、やすらいだ歓喜がある」と、そう祈って。

両手で抱えた本の山から何冊かが崩れ落ち左足の親指に当たった。「いたーい」思わず声を出し見やると、当たったところの皮膚が破れ血がにじみ出ていた。どの本が私の足をこんなふうにしたのよと、恨みがましく拾い上げた本は正岡子規著『仰臥《ぎょうが》漫録《まんろく》』だった。

私は偶然を信じるたちだ。この衝撃はいまこの本を読みなさいという天からの合図か。その晩から風呂場に持ち込み読み始めた。

いつ買い求めたのかも記憶にないが、この本をなぜ買ったのかはよく覚えている。それは、正岡子規が脊椎《せきつい》カリエスを病み亡くなったと知ったからだ。父方の祖父も同じ病で34才で死んだ。子供の頃、祖母から聞いた話では、大層穏やかな愉快な人であったらしい。自転車乗りを教えてもらっていたら支えていたはずの祖父の手が離れ祖母が転倒した。祖父は笑って頭をかきながら「失敬、失敬」と言ったのだとか。それは幼い日に父の口からたびたび発せられていた懐かしい言葉だった。

体が腐ってゆく絶叫号泣の中で子規は食べる。食べられるあいだは死んでたまるかというように食べる。食事は唯一の楽しみと書いてあるが、泣きながら口に入れてもらっていたのではないだろうか。

ごはんは「ぬく飯」とあり、しょうゆにベタッとつけた刺し身をのせて食べるとあった。目に止まったのは「刺し身の残り」。私は風呂上がり、素足にサンダルつっかけて近くの24時間スーパーへまぐろの切り落としを買いに走った。そして、酒としょうゆとみりんを熱し、そこにゴマ油とゆず胡椒を垂らした漬《づ》けにしてから布団に入った。

卵

木枯らしの吹く季節になった。夕方5時にはもう日も暮れる。気がつけば十一月だ。ああ、心細い。ふと口をついて出る言葉も「さよならだけが人生だ」になる。

そんな頼りない歩みでどうすると私は自分に発破をかけ本日の予算である五百円玉を握りしめスーパーに向かう。

とりあえずモヤシをカゴに入れる。モヤシは栽培に大層手間がかかるそうだが安くてありがたい。今日の特売品は卵だった。卵の前でため息が出る。なぜなら私は卵があまり好きではないから。正確には鳥類が苦手なのだ。小学生のとき卵からひなをふ化させる実験で、ふ化しなかった卵を割り、中を観察することになった。くちばしの力が足りず殻を破ることができなかったひな、目は閉じられ羽はぬれ体の固まったひなを男の子が手にのせて私に見せた瞬間以来、卵イコールあのひな、黄色イコールひよこと、頭の中でコッコココッコと声がする。

それにしても五百円はあっけない。なんとかこの卵で一品をひねり出そうと「お一人様1パック」の卵も買った。

卵、モヤシ、卵、モヤシと唱えながらペダルをこぐうちに、つい何日か前、息子の要望だったにもかかわらず、卵を切らしていて作れなかった料理を思い出した。

モヤシはゆでておく。フライパンに油を入れ30秒、割った卵を流し30秒、そこにモヤシを合わせる。そして酢、醤油、ゴマ油、ラー油を混ぜ合わせたたれをかけて食べる簡単料理だ。

残った卵を冷蔵庫に並べ殻にマジックで日付を書いた。明日は甘い卵焼きにでもするか。これからの季節は黄色い色が暖かい。

ネコの舌チョコレート

有楽町の駅前にジャーマンベーカリーという名のレストランがあった。そこで売っていたネコの舌チョコレートを父はいつもお土産に買って帰って来た。父のコートの内ポケットから「はい、おみやげ」と子猫の写真が印刷された黄色い紙のパッケージが三つ取り出される光景がいまも忘れられない。ずいぶん大人になってからデパートの食料品売り場で大きさは同じくらいだがやけに立派な箱に入ったネコの舌チョコレートを見つけた。中身は一緒かもと買って帰り食べてみたが、それは包みと同じく中身も高級チョコレートのそれで、舌触りが薄くひんやり冷たくてガッカリしたことがある。ジャーマンベーカリーがいつのまにかなくなってしまってからかなりの月日がたつ。あの可愛い黄色い箱のチョコレートを手にすることはもうないだろう。そう思うととんでもなく大事なものをなくしたかのような、自分の記憶のそこだけがポッカリ失われたかのような心もとなさが募る。

お土産にチョコレートをもらうと私と二人の妹はお気に入りバッグにそれをつめて、お出掛けごっこをした。あの日が昨日のようでもあり夢の中の出来事のようでもある。

ジャーマンベーカリーは二階屋だった。何度か連れて行ってもらったその2階の床は斜めに傾いていた。老ウエーターが小さなエレベーターで上げられた料理を高級レストランの給仕であるかのようにゆっくりと礼儀正しくテーブルに運んだ。1階のレジの横にネコの舌チョコレートは置かれていて、父はそれを3箱、伝票と一緒にきっと出した。

「チーン」今日は亡き父の誕生日だ。私は鈴を鳴らした。

ボージョレ・ヌーボー

毎年酒屋の店先で試飲までして買ってしまうボージョレ・ヌーボー。家で飲むのは大抵ビールだ。強くもない。普段ワインに手がのびることはめったにない。それなのに解禁日とやらになると必ず1本手にして帰る。おそらく新しもの好きゆえ、「本日解禁」とか「新酒」という宣伝文句に弱いのだ。「収穫されたばかりのブドウで作った一番新しいワイン」にひかれてしまう。新鮮なうちに味わうのが良いとされるそのボージョレ・ヌーボーをチビチビとゆうにひと月はかけて飲む。なんともみみっちいが一晩で空けることなんてできないのだから致し方ない。

今年は雨の日だった。その日は仕事帰りに息子が通う塾に立ち寄る用事があった。週に一度の塾通いも休みがちになっている息子を交えての作戦会議の日だった。午後6時の約束に少し遅れて私が着くと、息子はまだ勉強中で、先生が「今日は授業開始時間のずいぶん前に来ていたし、このまましばらく様子をみましょうか」と話し合いは延期になった。

塾を出ると雨は小降りになっていた。息子は寄りたいところがあるから先に帰ってとスタスタ歩き出した。「ハハも酒屋に寄ってくから」通りの向こう側に渡った息子に大声を出したが、フードをかぶりイヤホンを耳にうつむいて歩く息子は気づきもしない。ああして歩いている姿はいまどきの若者そのものだ。私の声は届かない。人波にまぎれてしまったらもう姿を追うこともできない。大人になりたくなんかないと背中はそう言っているように揺れていた。大人なんだと思いたくて私は酒屋に行くのかなとしばらくそこに立っていた。

八宝菜

「八宝菜なら作れるよ」小学生のとき仲良しの友達がそう言った。へえ、すごいねと感心の相槌を返しながら、八宝菜ってどんな料理なんだろうと私は思っていた。家ではそういう名前のおかずが出てきたことがなかった。それが自分の家では五目炒めと呼ばれていた料理だと知ったのはかなり後のことだ。

私はよく八宝菜に頼る。とりわけ豚肉をほんの少し残してしまったり、むきエビの消費期限が今日だと突然気づいたときなどはなおさらだ。

八宝は8種のことならず、たくさんということらしいから、たとえ豚肉やむきエビがなくても作ってしまうのだが、息子の好物キクラゲは欠かせず、有り合わせ料理のはずが、キクラゲだけを買いに走ることもしばしばだ。

正にキクラゲ求めて自転車をこいでいるとき、追い抜いた中学生たちの話し声が聞こえてきた。昨日は何時間勉強をしたかとその時間の長さを言い、寝不足を競い合っていた。そういえば、放課後のたまり場かと案じていた我が家から友達の姿が消えて久しい。皆、これまで遊びに使っていた時間を、勉強か、でなければ睡眠に充てなくてはならなくなったのかもしれない。相変わらずのんびりしている我が息子とは雲泥の差だ。友達と足並みそろえられたのはここまでかと暮れ方の空にため息ひとつ。だが待てよ、数学や英語を教えてやることはできないが、私とそっくりの性質、その弱点の救い方ならばなんとか伝えてやれるかもわからない。

たくさんの具材があっての八宝菜だ。決まりはない。八宝菜の宝という字がキラッと光って頭に浮かんだ。

ラ・フランス

お歳暮のやり取りから縁遠くなって5年、そんな私もときどき贈り物をいただく。今年は見事なラ・フランスが3回も届いた。山形に住む知人からだ。うれしい。家の中で一番寒いと思われる場所に置き、食べ頃と記されたその日を待つ。

山形は父・ひさしの故郷であり、私が劇団の仕事をしていたときに何度となく行き来をした思い出深い場所だ。

一度目に届いたラ・フランスは見事に大きなものだった。ラ・フランスと聞いて思い浮かべるそれの3倍はあろうかという実に驚き、こういう頂きものは独り占めしてはいかんと思い、お隣に一つ、息子の友人2人の母たちに一つずつをお裾分けした。

あんまり甘くて良い香りで、残りの二つは息子がペロリと平らげた。

もしかしたらひとつ1000円くらいするんじゃないかと食べてしまってから慌てて礼状を書いた。するとすぐにまた同じラ・フランスが同じ知人から送られてきた。「息子さんにもっと食べさせてあげてください」と書かれた手紙が入っていた。

ああ、これはやはり独り占めしてはいけない。宝石みたいな果実だもの。そこへとてもお世話になっている人が鍋を食べに来てくれた。これは神のお計らいだとお土産に二つ手渡した。

ラ・フランスは原産国フランスではもう作られていないらしい。熟したラ・フランスはそれこそあっという間にグジュグジュになってしまう。

3度目に届いた小粒のラ・フランスで私は生まれて初めてジャムを作ってみた。砂糖ほんの少しでも甘さは十分だ。炊飯器でケーキも作れるらしい。この冬一番のぜいたくの締め。

おでん

ペダルを踏む足を止め、かじかんだ手に息をふきかけて前方を見やると、真っすぐ延びた一本道のずっとむこうに湯気が上がっているのが目に入った。

「ああ、かまぼこやさんのおでんだ」と思い、そうだ、こんな寒い日はおでんなんかいいなあと考えてすぐにやめた。なぜなら息子はおでんを食べたがらない。諦めたその夜から何日もたたないある晩のこと、テレビを見ていた息子が「明日のごはんはおでんね」と言った。

驚いて尋ねると、大手コンビニエンスストアのおでんのうちどこが一番おいしいかを比べる番組を見ていて急に食べたくなったと言う。

早速、翌日おでんを作った。

昔、祖母は、近所に住む伯母家の分も含めて大鍋四つにおでんをこしらえていた。練り物類やちくわぶ、こんにゃく、しらたきなど出来合いのものももちろんあったが、大根、キャベツ巻き、ふくろ、ジャガイモに里芋、自家製つみれと飽きのこない具材が山盛りの、いま思い出しても豪華なおでんだった。「ああ、おなかいっぱい」のその後に、玉子を潰した汁をごはんにかけて食べるのが私は大好きだった。

そこまでのおでんは作れないが、練り物が得意でないこともあり、大根とジャガイモをたくさん、キャベツもそのまま煮込んで、「次の日にこそおいしいおでん」を心に描きながら作った。そして、息子が見向きもしなくなった次の日も、また次の日も、食卓の隅っこに出して一人食べ続けた。昔、祖母がそうしていたように最後のひとつまで食べ尽くし満足した。残り物があること。これが食卓の醍醐味《だいごみ》だ。

リンゴのバター焼き

毎年12月に私は『アンネの日記』を読み返す。一年の締めくくりに行う自分だけの決まりごとだ。

12月といえばクリスマスが一番目立つ賑かな行事だが、我が家ではあまりやってあげたことがない。息子は毎年プレゼントをねだり催促するがなんだかんだ言ってやり過ごし、当日小さなケーキを買ってきておしまいだ。少々気が咎める。

アンネは隠れ家で二度の12月を迎えている。最初の12月には「クリスマスに、各自１１２グラムずつのバターの特配が受けられる」との記述がある。2度目の12月には「生まれてはじめてクリスマスの贈り物をもらいました」とあり、すばらしいクリスマスケーキとクッキーでお祝いをし、カードの添えられたヨーグルト1瓶をもらったと書いてあった。

そして、贈り物をもらわなければクリスマスは知らないうちに過ぎてしまっただろうとも。

一年が終わる12月はいつでも心が慌ただしい。片付けなくてはならないことが何一つ片付いていない焦りで落ち着かない。だから私は、恐怖と不安を抱えながら不自由な隠れ家生活を精いっぱい楽しく過ごそうとするアンネに会うためにページを開く。

　割り当てられたバターでアンネはクッキーとケーキを二つ作ったらしい。いま日本もバターが不足している。いつだってバターは貴重品のはずなのだ。そのバターをたっぷりととろかしたフライパンで、薄く切ったリンゴを半個焼きメープルシロップをかけるだけの簡単過ぎるデザートを作った。ずっと欲しがっていたスニーカーを買ってあげると息子と約束もした。

白菜の漬物

　年末から年始にかけては母のところで過ごした。ファンヒーターの強い熱風のせいだろうか、母の家はひどく乾燥している。アレルギー持ちの息子の鼻はたちまち詰まった。

そこはかつて子供だった私が住んだ場所でもある。家そのものは私たち家族がよそへ越した後に伯母が建てたのだが場所は確かに「ここ」であり、近所の景色もそう変わってはいない。2年前、母が移り住むようになってから時折通ってきているが、来る度に不思議な気持ちになる。あの頃の空気の感じを体のどこかが覚えているのではないかと期待してしまう。訪ねるたびに大きく息を吸ってみたり、目を凝らして遠くの家並みを眺めては、前もこんな感じだっただろうかと確かめてみる。知った顔があの頃のままあの角からあの道から現れるのではないかとふと思う。

年越しそばも食べた。お屠蘇《とそ》で新年を祝い母が作った雑煮も食べた。妹が用意してくれた三段重ねのおせち料理を楽しみ鍋も囲んだ。姪が焼いたシナモンロールとアップルパイに舌鼓。泊まっていた4晩、ついに私は一度も包丁を持つことがなかった。

帰る日は皆でこたつに入りみかんを食べながらああだこうだと箱根駅伝を見た。それから炊き立てのご飯に菜っ葉の味噌汁、母の漬けた白菜をおかずに昼ごはんを食べた。

私に一樽《たる》、妹に一樽、白菜の漬物を母が持たせてくれた。

遠い昔、毎日歩いた道を車で走りながら「そうですね、やはり母のいるところが、そこが私の故郷でしょうか」という父の芝居の中の台詞《せりふ》を私は思い出していた。

カップ麺

引き出しの中から高校時代の通知表が出てきた。数学「1」と付けられた学期の保護者欄には父の筆跡で「この子の将来はどうやら数学とは無縁のところにあるようです」と書かれていた。そして枠からはみ出して「最近はよく本を読むようになりました。ご指導のおかげです」と私を補う言葉が続いていた。

ああ、そうだった。高校の3年間、私はアガサ・クリスティーに夢中だった。結末がわかるまでとにかく怖くて怖くて家の中を壁づたいに歩いた。名前を呼ばれただけで跳び上がり、急に声をかけるなと家族の誰にでも抗議した。寝る前に「一緒におトイレ行ってよ」と懇願するので「迷惑だから読んでくれるな」と妹たちに嫌がられた。

しかし、父は喜んでくれ、頼みもしないのにハヤカワ文庫のアガサ・クリスティーを全巻取り揃えてくれた。そしてそのうち「おう、今日は徹夜するぞ」と教えてくれるようになった。

父が徹夜宣言をした夜には、父の書斎の入り口に毛布を持って座り込み私も徹夜態勢だ。父が寝ると言い出すまでに、犯人が誰なのかなぜ人を殺さなくてはならなかったのかを知らなくてはならないと必死に読んだ記憶がある。当然、次の日の学校は休みだ。

夜中の3時、原稿用紙に向かっていた父が湯を沸かし始める。窓の桟を指さして言う。「見て。すごいだろ」そこにはカップ麺の数々がきれいに並べられているのだ。「これなんかいいと思うよ」と一つを私に差し出して、「食う？」

おばあさんになれたら、カップ麺を夜食に、徹夜でクリスティーを読む。それが私の夢である。

メンマ

父・ひさしの書いた小説『吉里吉里人《きりきりじん》』にちなんで吉里吉里忌と名付けられた会が、四月に故郷の山形で開かれるのだそうだ。知人がチラシを送ってくれた。１９８８年から続く市民講座、生活者大学校との同時開催と書いてある。

「吉里吉里忌だって。なんかキリキリ舞いしそうだね」とすぐ下の妹と笑い合ったことを思いだしニヤリとチラシに目をやれば、生活者大学校の講座紹介に、憲法学者・樋口陽一先生の名前がある。

中学生の頃、母と仙台へ行った。仙台は父が高校時代を過ごした町だ。父の好きな町だった。当時仙台には父の友人が四人住んでいて、母や私たち子供を伴って父が訪れると盛大に歓待してくださった。その中の一人が樋口先生だった。

あのときなぜ母と私の二人だけが仙台に行ったのかまったく覚えていないが、四人組のおじさんたちの歓迎ぶりは変わりなく、酒を飲む母と肩を組み良い加減に酔い、ようやくなじみの屋台に落ち着いたとき、私はすっかり不機嫌になっていた。酔った母が、父以外の男の人とはしゃぐ。それが不愉快だった。

私の目の前に、刻んだネギが山盛りの大好きなメンマがポンと置かれた。食べるもんか。「あのね、あなたのお父さんは大切な友達で、だからあなたのお母さんも大切な友達なんだよ。わかってくれるかな」トロンとした目を一瞬ピリッとさせて樋口先生がそう言った。

機嫌を直せるほど大人ではなかったが、私は頷きメンマを食べ始めた。人さし指ほどのメンマはコリコリと、ネギの辛みがまたおいしかった。

オレンジ色の鍋のポトフ

5年前劇団の仕事をなくした直後に私は鍋を買った。その重たいほうろう鍋は2万円もの高値だった。きれいなオレンジ色に心ひかれての衝動買いだ。手にしてからずいぶん後悔した。鍋に2万円も使うなんてどうかしていると自分を責めた。しかしそれから二千晩近くたったいま、その鍋はこれまで私が買った品物の中で一番優れた買い物だったと思う。

出掛けようとする私に息子が声をかけた。「今日は夕飯簡単なものでいいよ。一緒にサッカー見よう」と。アジア杯が始まっていた。

お弁当でも買っていくかと帰り道、駅ビルの中を速足で歩いていたら、肉屋さんの店先がベーコンとウインナーのタイムセールで賑わっていた。思わず近づいて、勧められるままにブロックベーコンを一つ買って帰った。

「ただいまあ」と台所に直行し冷蔵庫を開ける。ジャガイモ、ニンジン、タマネギは揃っていた。ホッとして戸棚からオレンジ色の重たい鍋を引っ張り出す。鍋の中に刻んだベーコンを入れジワジワ脂が出るまで炒める。そこに切っておいた野菜を投げ入れ、炒めたら水をひたひたまで注ぐ。ここまで20分だ。コンソメを加えて煮立たせアクを除く。弱火にし隙間《すきま》を開けて蓋《ふた》をしてテレビの前に座る。帰宅してからちょうどここで35分、試合が始まった。チラチラ台所に目をやればオレンジ色の鍋から湯気が上がっている。なんとかなる、なんとかなると言っているように。

父が死に、明日からの仕事もなく、なにもかもに腹を立てていた5年前の私。あの温かなオレンジ色に縋ったのかもしれない。出来上がったポトフをフーフーしながら後半戦を見た。オレンジ色の重たい鍋は私の宝物だ。

コーヒー

目が覚めたら小さな電気ストーブのスイッチを入れ私はやかんを火にかける。ストーブの真ん前の場所を妹と取り合った遠い日の冬の朝の記憶を思い起こしながらコーヒーをいれる。ドリップコーヒーの香りを吸い込み、そして歌を口ずさむ。

「一杯のコーヒーから　夢の花咲く　こともある」

一日の始まりに気合を入れるためだ。

息子が学校に行かなくなった時、ぼやく私にすぐ下の妹が教えてくれたあるお母さんの言葉は「世間の常識と闘うのが母親の役目だ」というものだった。その人は学校に行かない3人の子を育て上げた肝っ玉母さんらしい。正しいと思われていること、当たり前だと疑われていないこと、それらと異なる選択を受け入れるには毎日自分の心に念力の補充が必要だ。

「一杯のコーヒーから　夢はほのかに　かをります」

父・ひさしの戯曲『きらめく星座』の挿入歌であるこの歌を口ずさむには私なりのこじつけた理由がある。

戦中の浅草のレコード店オデオン堂を舞台にしたこの戯曲には陸軍砲兵隊を脱走した息子が出てくる。彼は炭坑やイワシ加工工場や定期船にもぐりこみ逃げ続けるのだが、ちょくちょく浅草に舞い戻ってくる。実家であるレコード店には憲兵が住みこんで待ち構えており、舞い戻るたびに家族や居候の面々があの手この手で彼を逃がす。非国民と言われながら、歌を歌いながら。
コーヒーを飲みつつ私が想見するのは息子の心にあるであろう夢である。
カップのコーヒーが半分に減ったら、私は息子の昼ごはんの弁当を作り始める。

親子丼

湯船につかりながら本を読んだ。土曜の夜遅くのことだ。いつもと何ら変わりなく元気に出掛けて行った妻が外出先で倒れそのまま亡くなったと書かれた文を目で追ううちに、しばらく遠ざかっていた死への恐怖が私の心に滲み出した。死は別れであり無であり、幼い頃から私が最も恐れているいつか私にも訪れる逃れられない定めだ。布団に入り大好きな本『続あしながおじさん』を開き、ついさっきまで頭を占めていた物語を忘れることに努め眠った。にもかかわらず、翌日曜日、私の心はふさぎの虫にすっかり居座られてしまっていた。

とりあえず息子にカップ麺を食べさせた。こんなときには何もやる気になれない自分にどっぷり浸って寝ていたほうが回復には早道なのだが、今日の私には夕飯作りがまだ残っている。動け動け、私は冷蔵庫の中を片づけることにした。

「病気になったらどうしよう？」と父と母にしょっちゅう尋ねる、私はそんな子供だった。「治しなさい」と母は言い放ち、「心配ばかりしていると、その心配を本当に招きよせてしまうんだよ」と父は口を尖らせた。大丈夫と言って欲しかった私は、すぐにまた同じ質問を繰り返した。

冷蔵庫の奥に黒い液体の入った瓶を見つけた。少し前に作った親子丼のたれの残りだった。蓋《ふた》をあけると昆布のいいにおいがした。鶏のモモ肉も冷凍庫にあったはずだし、なるとの切れ端もここにある。タマゴと長ネギは昨日買ったばかりだ。夕飯は親子丼で決まり。食べることは生きていることだ。いつのまにか息子がそばにいてマジックでタマゴに笑顔を描いていた。

生姜スープ

親のすすめる人はとても良い人なのだけれど気が進まないの。楽になるのはわかっているけれど、うん、おつき合いしてみますと言えない。こんな気持ちのとき何を食べればいいのかしらと問う人がいて、そう言われてみたら……と私はハタと考えた。

春夏秋冬のありがたさで日々「旬」だ「初」だと嬉しがり、いまだったら新ジャガや新タマネギを楽しみもし、寒いと感じたら鍋だうどんだと頭に浮かぶが、季節には寄り添っても、いまの自分に適した食べ物をと献立を決めたことはない。嬉しいことがあったときには必ずこれを食べるとか、泣きながらでもあれを食べれば元気になる、そんなごはんって私にあったっけ？

そんな最中、鼻風邪をひいた。朝からやたらとくしゃみが出る。くしゃみの後に悪寒がはしる。熱はないのだが両目のあたりに力が入らない。眠たくてたまらない。この数年、すぐに風邪をもらうようになった。一冬に４、５回は鼻風邪症状に焦る。一人暮らしの若い頃は、みじん切りにした長ネギと梅干しを混ぜ合わせ熱湯を注ぎ、それを熱々のうちに飲み干してさっさと寝てしまえば、よほどひどくない限り次の日には回復したが、いまはさっさと寝てしまうことが、まずできない。

そこで思い出したのが生姜スープだ。大きいかなと思うくらいの生姜の一塊を細めの千切りにする。鍋に水と酒を沸かし生姜を散らす。ベーコン少々を入れてもいい。鶏ガラスープのもとで味をつけ、最後にレタスを好きなだけちぎる。うんと熱くして生姜もろとも食べる。辛いくらいの生姜パワーで体が芯から温まる。

桜餅

部屋の中ではまだこたつに入ってぼんやりミカンなど食べてはいるが、外に出ると鼻をクンクンさせて春の匂いを探している。一番初めに嗅ぎつけられるのは、桜の匂いだ。桜の開花にはおよそひと月ほど間があるから、それは花びらの香りではなく、おそらく芽吹き始めた芽のそこはかとない気配のようなものなのだろうが「ああ、この感じこの感じ。もうじき春がやってくる」とウキウキと心が軽くなる。目に映るいつもの景色の中に確かな自分の生活があると素直に信じられる。そんな気がするだけなのだけれど、毎年そう感じる。

中学高校の6年間を過ごした女学校は家から歩いて20分のところにあった。通学途中に暗い陰気な沼がありそこは避けて遠回りしていたが、ある年その沼が遊歩道で囲まれたきれいな公園へと改装された。天気の良いおだやかな朝には素通りして学校に行く気になれず、ついベンチに腰をおろした。弁当持参の心強さ。本を開いたり手紙を書いたり将来を夢見たりひそかに下校時間までを費やした。その記憶の中にも木の芽の匂いが残っている。これからきっと楽しいことがいっぱいあるに違いない。家と学校しか知らなかったあの頃の春の予感。

スーパーの飾りつけがピンク一色のひな祭り仕様になった。余計なものを買うまいとスタコラサッサと歩いていると鼻先に桜の匂い。思わず立ち止まればすぐ先に桜餅つめ放題の文字が見えた。桃色に着色された安価の桜餅がプラスチックケースに並べられている。もしかしたら真っ先に感じた桜の匂いは桜餅の匂いだったのかも。鼻先まで持ってきた桜餅を私は二つ買った。

春のリゾット

暦は三月。この月に私は一つ年を得る。だからなのかまっさらになりたい思いが湧きだす。常にかたわらにある愛読書には、三月を「きざす月」と書いてある。物事が起ころうとする前ぶれ。一斉に花が開く四月までのこの期間をさて、どう過ごそうか。

亡き父・ひさしが何を思ったか料理教室に通うと言い出したことがあって、その最初の授業になぜか私が行かされた。

父と母の夫婦生活が終わる前「なんとか別れずにすみそうだ」と娘の私が感じていたほんのつかの間の穏やかな日があった。しかし、安堵《あんど》はしたもののなにがきっかけでまた崩れてしまうか分からないうらさびしさが漂ってもいた。その日になって父は家を空けるのが不安になったのだろう。「代わりに行ってきて。君にとっても花嫁修業にはなるだろうから」そんな見送られ方で見知らぬ町へ出掛けて行った。まだ寒い時期だったが、告げられた献立が春のリゾットだったのだから、おそらくいま時分、三月頃ではなかったろうか。

教わったはずの料理の手順はすっかり忘れてしまったが、白い皿に、緑が映えたクリーム色のリゾットが盛りつけられ目の前にあった光景が鮮やかに記憶に残っている。あの緑は何の野菜だったろう。そら豆かアスパラか菜の花か。見たことのない彩り、食べたこともないチーズの味わい。陽《ひ》の差した白い清潔な台所。食卓にきちんと並べられた食器。見知らぬ世界。

あれから30年。父は死に母は老いた。別れの兆しだった春のリゾット。いま一度丁寧にこしらえて、過ぎた時を慈しみたい。

白菜のおひたし

大正生まれの祖母が台所一切を任されて切り盛りしている家庭で私は育った。今、自分の狭い台所でせっせと励んでようやく一品が精一杯だ。祖母が毎日欠かさずにやっていたように何品もの料理を並べることは到底できない。

父は酒を飲まなかったが、祖父は毎晩日本酒1合の晩酌を楽しみにしていた。

一人は一家の主、また一人は自分の亭主、祖母は実に愛想のない人ではあったけれど、明治生まれの姑《しゅうとめ》につかえた昔かたぎだったから、女子供には付かない一皿を、父と祖父のために必ず用意した。釜石に住んでいた父方の祖母から筋子が送られてきた晩は大根おろしを添えた小粒の筋子が置かれたし、父にムツコの煮物、祖父には刺し身という日も多かった。

それを眺めながらハンバーグやカレーライスを食べていると、自分にはないその小さな一菜がとてつもなくおいしそうなものに思えてくる。

筋子やムツコは一度にそうたくさん食べられるものではなかったのだろう。鍋に余れば食べさせてもらえた。しかし、祖父にさえもつかず父にのみ出される白菜のおひたしはきまって平らげられてしまい、おこぼれにありつくことができなかった。白菜を茹でておかかをかけただけのいつでも食べられそうなそれだけが。

しっかり平らげていたサラダを最近、息子が残すことに気づいた。何か変化をとドレッシングを替えてみたが芳しくない。策が尽きてダメもとダメもとと、白菜のおひたしを作った。

「これ、うまいよ」4分の1株が見る間になくなり、私に回ってきたのはおかか混じりの醬油だけだった。

1ドル銀貨パンケーキ

帝国ホテルに車をとめ、日比谷から有楽町界隈で映画のはしごをすることが、旧井上家唯一の娯楽だった。父・ひさしと母は離婚後それぞれに再婚、私にも妹たちにもめいめいに子供がいる。そのため父と母、2人の妹と私の5人を「旧井上家」と私は呼んでいる。

1日に見たい映画を見られる限りに詰め込む式だったから、食事をする時間はない。うまい具合に映画と映画をつなげず時間が空いてしまったときにも腹ごしらえより「本屋だ文房具屋だ」と父を先頭にカルガモ親子の行列よろしく小走りに大きくそびえる日劇の前を何度も往復した。

父が見たい映画を家族全員で見る日である。見る映画見る映画子供向きではない。内容もよく分からずに3本、あるいは4本立て続けに見終わるとクタクタになるのが常ではあったが、さて、帰ろうというときに最大の楽しみが待っていた。それは帝国ホテル1階にあるレストランに寄って1ドル銀貨パンケーキを食べさせてもらえることだ。

いまでこそパンケーキは大流行だが、40年前にはそれこそ映画の中で名前を聞くだけの憧れの食べ物だった。直径5センチ程の小さなパンケーキが何枚か白いお皿にまあるくきれいに並べられている。サワークリームとジャムとメープルシロップが別に運ばれてきて、好きなように好きなだけかけていいのだ。それをいまスクリーンで見てきたばかりの女優さんを真似てナイフとフォークで気取って食べた。

もう三十数年あのレストランには入っていない。いまもメニューにあるならばもう一度食べてみたい。過ぎた懐かしい日々をきっと一瞬で味わえるはずだから。

ミックスベジタブル

10軒ばかりの似たような住宅の建つ細い道に週に二度、そのライトバンはやってきた。冷凍食品の移動販売だ。昭和40年代中頃、ミニスカートをはいた若い母が銀色の荷台をのぞき込み、あれもこれもと買い物をしている横で、私は地面にチョークで丸を描き、２人の妹とケンケンパッと石けりをして跳びはねていた。

２年前、近所に大型スーパーが建った。駐車場も広く、やけに横に長い造りだ。それからしばらくして、私の住まいの真裏にある小さなスーパーが閉店した。私はずっとその小さなスーパーを重宝していた。目の前が銭湯だったから、夏の夕方などは、湯上がりにちょこっと買い物に立ち寄る人も多かった。近所にはずいぶんお年寄りが住んでいたんだなあとあらためて驚くほど老人の一人姿が目についた。

仕方なく大型スーパーに通うようになった。ついこの間のこと、冷凍食品の扉の前で一人の年老いた人がミックスベジタブルの袋にジッと見入っていた。どこかで会った人だと考えを巡らせて、ああ、あの小さなスーパーでよく見かけたおばあさんだと思い出した。買い物客が扉を開けるたびにヨロヨロとよろけている。

初めて気づいた。あの小さなスーパーがなくなって真実困っているのはこの人だ。私が自転車をこぎ10分かかる距離を、手押し車を頼りに歩けばどれぐらいかかるのだろう。半世紀近く前、目新しい冷凍食品を売るためにやってきたあのライトバンが街角に必要だ。ミックスベジタブル1袋を買うために今こそ必要だ。片手を手押し車に預けるように立つその人の前を行ったり来たり。迷うふりをしながら立ち去ることが私はなかなかできなかった。

II

冷や奴

戻り戻りしていた寒さがようやく和らぎ春がきた。ふれるそよ風の心地よさが日々の憂さを忘れさせてくれる。

桜の花も咲いた。小学校の校庭の隅に、毎日自転車で走り抜ける小道に伸びた枝の先にも、うす桃色の靄《もや》のように咲いた。桜の季節になると、私には思いしのぶ人がいる。会ったこともない話したこともない遠い昔の人。樋口一葉、本名・夏子、私の中では「夏ちゃん」だ。

亡き父・ひさしの書いた戯曲『頭痛肩こり樋口一葉』の中の「夏ちゃん」は私には古い友達のよう。夭折《ようせつ》した奇跡の小説家ではない、近眼でトロくてそのくせせっかちで、よかれと思うことがいつも裏目に出る不器用な人だ。パッと咲いてパッと散る美しい桜の花に、24年の短いその一生を重ね、「まるで夏ちゃんみたい」と桜の幹に手のひらをつけてみる。「夏ちゃん」の好物は豆腐だ。劇中にも妹・邦子のこんなセリフがある。晩ごはんは冷や奴《やっこ》と決まった後で「ねえさんはお豆腐が好きでしょ。玉子豆腐を買ってくるわね」

玉子豆腐もいいけれど、私はもっぱら冷や奴だ。肺を病み食も細くなっていたであろう「夏ちゃん」が冷えた豆腐をほんの一さじ、熱をもった口へゆっくり運んでいる様子を想像しながら今日も明日も冷や奴を食べる。長ネギとおかかに厭きたら茗荷に替える。茗荷の次はエノキダケ。生姜と青シソ。アボカドと一緒にグチャグチャにしたりもする。

桜が散ったら私の豆腐供養はおしまい。「夏ちゃん」は本の中に戻り、「諸事はみな夢、世はすべて夢也」と書いた一葉女史の言葉だけが私にのこされる。

春のラタトゥイユ

花ひらく四月、花屋の前を素通りできない。なんてきれいな色だろう。黄、赤、ピンク、青、白、紫、そして目に染み込むおだやかな緑。思わず立ち止まりクンクンと鼻先を黄色のフリージアに近づけてみた。春の香りがする。

引き寄せられるのは私ばかりではないようで、仕事帰りか、あるいは買い物途中か、女の人が数人、扉の開かれた小さな店から歩道にはみ出している。一輪挿しになにか1本買おうかと迷ったが、これから夕飯の買い物がある。花を抱え庇って歩くのは気が重い。人も並んでいることだしと諦めて数十メートル先のスーパーに急いだ。

見たばかりの花の残像なのか所狭しと並べられた野菜や果物の色が見事に鮮やかでまるでそこも花畑のようだ。少なからず感激し、普段はぞんざいにチラリと見るだけの野菜をいちいち手に取って眺めてまわった。これも春の効力だ。いつもの面倒な買い物が知らず知らず幸せそのものに思えてくる。しかしその半面、春ほど寂しく不安の募る季節もまたない。

新しい生活に一歩を踏み出す子を送り出す親の心配もある。久しく会わない人をふと身近に感じる夜も、もう二度と会うことのない懐かしい顔に胸が詰まることもなぜか春は多い。そんなとき、体を置いて心だけ飛んでいかないようにきれいな色を見て、私は自分の感情を抑える。

買わなかった花の代わりに色とりどりの野菜で春のラタトゥイユを作った。パプリカ、アスパラガス、ズッキーニ、シメジ、プチトマトを、コンソメと塩で、あまり煮込まずあっさりと仕上げた。目に心に、そしておなかにもじんわりと沁みた。

オイスター

丸い大きめの皿の真ん中にオーロラソースの入った小皿があり、その周りをくし形レモンをのせた殻つきの生ガキ12個が囲んでいる。レモンをたっぷりたっぷり搾ってソースをつけて食べる。これが40年前に短いあいだ暮らしたオーストラリアで生まれて初めて食べた「オイスター」だ。

キャンベラ市ターナー町の白い共同住宅が私たちの住まいだった。そこから歩いて20分程のところに「ロータス」という名の小さなホテルがあった。時折ロータスで私たちは食事をした。

あるとき、日本から訪ねてきた大事なお客様を接待するために父と母はロータスへ出掛けて行った。夜がふけて急にさみしくなったのか末の妹が父と母に会いに行くと言い出した。「もう真っ暗だから待ってよう」と宥めたがやんちゃだったすぐ下の妹が「行こう行こう、びっくりさせてやろう」と加勢しだし、私は渋々承知した。どうしてだか靴をはかずに出てきた私たちは、通り抜けなければならない巨大な森のような公園の手前で立ち止まった。

「ここからは魔法の杖を持って行こうよ」すぐ下の妹の提案で銘々に細い枝を拾いそれを振り振り一目散に走り抜けた。ホテルのレストランに裸足で飛び込んできた子供たちに父が「オイスター」を注文した。磯の匂いとレモンとソースがプニュッと口の中で一緒に溶けた。２人の妹はにわか作りの魔法の杖に夢中になっていたから、運ばれてきた殻つき生ガキを私が全部平らげた。

魔法の杖ならぬ本物の杖を傍らに、老いた自分がロータスの席につき、まさにオイスターを食べようとしている姿を私はときどき心に思い描く。

小茄子の漬物

週末は父・ひさしの生まれ故郷にいた。山々に囲まれた山形・置賜《おきたま》盆地のどまん中の駅に降りたのは5年ぶりのことだった。

5年前、私と父との間に大きな諍《いさか》いが起き、和解できぬうちに父が亡くなり、私とこの町とをつなげるものも人もなくなった。

「俺の作品を潰そうと企んだ」という誤解に私は意地になって反発したが、父には病と闘う時間しか残っていなかった。父の小説を読んだことがないというのはそれまでの私の自慢だった。父親を知る必要なんてないと頑《かたく》なに信じていたからだ。しかし死なれてみると、しかもこじれたままいなくなられてみると、どうしたって知りたくなる。どんな生まれ育ちを父はしてきたのだろうかと。そこで私は父の小説を読むことにした。中でも際立って暗い短編集から。

父はおばあちゃんっ子だったらしい。父の叔母の話では、父から届いた葉書をおばあさんはずっと大事に枕の下においていて寝ていたとか。小説の中ではおばあさんが小茄子の漬物をため息とともに噛む。

小茄子の漬物は父の、そして私の大好物だ。小茄子の中身だけを父は器用に食べ、そこにごはんをつめて小さな茄子握りを作り皿に並べていた。それを一番最後に食べるのだ。父の真似をして、妹と遊びながら食べたっけ。

なんにもない駅で冷たい風に吹かれながら、いっぱい小茄子の漬物が食べられることを期待した。チリンチリンと観光用に提げられた鐘を鳴らす人がいて、振り向くと遠くへ続く線路が見えた。

案外父は、この辺りのこだまかなんかになっているのかもしれない。

わらび

生乾きの洗濯物がやっと乾いてすっかり片づいた日曜日、母の家へ夕飯を食べに行った。1食分の食費を浮かせ、お裾分けにありつこうというこちらの魂胆は見透かされ「今日は山菜くらいしかおかずがないわよ」と先手を打たれてしまったがなんのその、息子と2人出掛けて行った。

山菜は、前日の秋田での仕事の帰りに道の駅で求めたそうな。ぜんまいにふきのとう、それから私の大好物、からし醬油をかけたわらびが並んでいた。テレビにはネパール・カトマンズの大地震の被害の様子が映っていた。

母の家は町の高台にある。大きな地震が起こったら津波がくる前にここへ逃げてくるようにと、いまでは母の口癖であるその一言を、わらびをつまみながら顔もあげずに私は聞く。継父が続けて話し出す。「ここは地盤が強い。隣りは寺だろう。昔の人はそれを分かっていてここに寺を建てたのだ」

両親がそれぞれに再婚し、私には継父と継母がいるが、これまたなかなか気をつかうものだ。実の親が言うのなら、「ふーん」と聞いたふりすりゃ済むものを、一応、聞く姿勢をとらなくてはならない。手を止め箸を休めて私は前を向く。なるほどという顔をしている私に母が、自分はいかに山菜好きか、山菜を買わずにはいられないか、継父の声にかぶせて話を始めた。

「ああ、そう」と、それを機に私は母の顔も見ずに再びわらびの小鉢へと箸を戻す。コリシャキコリシャキとした歯ごたえ、泥くさい水の味。生《な》さぬ仲も巡り合わせと、いつだったか誰かに言われた言葉が、まるでわらびの声のように静かに聞こえた。

きんぴらごぼう

久しぶりにきんぴらごぼうを作った。野菜は煮たり炒めたりするより、サッと湯がいて塩をふって食べるほうが断然自分の好みだから、きんぴらをこれまでほとんど作らずにきてしまった。毎日の献立を料理本をめくりめくり考えるが、いわゆる家庭定番の味には目が向かなかった。

四月から息子が高校生になり毎朝の弁当作りが始まった。早起きと弁当作りはどちらも苦手だ。目から作る意欲を出そうと、おいしそうな弁当の写真がたくさん載っている本を何冊か購入した。その中の一冊に「高校を卒業したら息子は家を出てしまうかもしれない。もしかしたらあと3年しか一緒に暮らせないのかもしれない。お弁当作りを頑張ろう」という言葉があった。そうだ、その通り、弁当作りは私への恵みなのだ。一緒にいれば面倒くさいことは山ほどあるが、その面倒なことこそがかけがえのない宝物。

私が子供だった頃、きんぴらはたえず食卓にあるものだった。祖母は朝から夕飯の下ごしらえをし、一日中三度の食事の支度に追われていた。きんぴらになるごぼうは昼にはすでに千切りにされ、あく抜きを終えてザルにあげられていた。夕方6時過ぎにドタバタと慌てふためいてごぼうを洗い始める私の料理とは大違いだ。

弁当に野菜をと考えたとき、茹でるだけだとブロッコリーしか思い浮かばない。そこできんぴらだ。白いごはんに合うように濃いめの甘辛に味付けをして卵焼きの隣に入れて持たせた。

「きんぴら入ってたんでびっくりした。急におふくろの味かって感じでさ」空の弁当箱を差し出す息子に明日はなにを作ろうかな。

空揚げ

母が作るしょうゆ味のチューリップ空揚げが大好物だった幼い日、何本でも張り切って食べた。ある日たまたまテレビでブロイラーを肉におろすまでという番組を見た。羽をむしられた丸裸のニワトリが吊されてベルトコンベヤーで運ばれていく。腹を切られ内臓を取り出され、部位ごとに切り裂かれていくのを目にした。それから鶏肉が食べられなくなった。とどめを刺したのは父に連れられて見た映画、ヒチコック監督の『鳥』だ。これでもう鳥は決定的に駄目になった。私の食から鶏肉は消えた。

しかしながら、死んだつれあいは銭湯帰りに肉屋で手羽元の空揚げを土産に買って来る鶏肉好き、さらにまた、息子も牛より豚より鶏肉派ときた。鶏は食べないと言っていられなくなった。鶏肉料理といえばまずは空揚げだろう。ところが私は揚げもの作りが大の苦手だ。そこでこれまではずっとトマト煮やソテーでしのぎ、空揚げは出来合いを買うか、冷凍食品でごまかしてきた。もちろん空揚げを作ってみたことはある。揚げすぎが二度、生揚げが一度、いずれも食べられたものではなかった。

先週末、鶏の空揚げに再び挑んだ。苦手なものを克服せねばと意気込んだ。前の晩に見たイギリス映画『アバウト・タイム』に強く影響されての挑戦だ。タイムトラベルのできる主人公がたどりついたのは「今日が最後の日だと思って心を込めて今日を楽しんで生きる」ということ。たとえまた揚げ方がまずくても、それが今日の私の今なのだ。

油の中で菜箸の先から細かい泡が出始めたなら、鶏肉を油に入れる。それだけ、ただそれだけのことだ。

ベーコン

懐かしい人に会った。食べたことのないトルコ料理を息子とごちそうになった。帰りにはパンに塗って食べる数種類のパテ、トルコ風ピザ、チキンの煮物をお土産にして持たせてくれた。息子が15才だと知ると、「肉なんていくらでも食べられるだろう。友達に肉の卸しをやっているやつがいて、これからそこに行くから送るよ。住所を教えて」とメモ帳、メモ帳と鞄の中を探し始めた。

父と母が劇団を創ったときに座付きカメラマンとして力を貸してくださったその人は三留理男《ただお》さん、とても高名な写真家である。何も知らない二十才そこそこのときに私は初めてお会いしたが、すごい仕事をしてきた偉い人にはまったく見えない、実に気さくなよく笑うおじさんだった。ずいぶん長い月日お会いしていなかったが、驚くほど何一つ変わっていない。

「これは変わったよ」とせり出した太鼓腹をポンポンと手のひらでたたく。話し声が笑い声に変わる。それもそのままだった。

50を過ぎても世間知らずと言われる私も、平坦《へいたん》な人生などあるわけがないことくらいはわかる。こんなことがあったと事細かに言わなくても人にはいろいろあるんだ。だからこそ時を経て微塵も変わらぬその人柄がうれしかった。

2日後、小包が届いた。黒毛和牛にソーセージ、温めればいいだけのハンバーグにベーコンがきれいに箱詰めされていた。早速、ベーコンを使ってナポリタンをこしらえた。

「すごいよ、これ、食べてみ」と息子に言われちょっと焦げた切れ端を口にした。ぷーんと燻した肉の匂い。ベーコンは肉にして出汁と言われる意味が、初めて舌でわかった。

フレンチトースト

ついこの間までジャスミンの花が香っていた小道を自転車で走り抜けながら、私は家路を急いでいた。7時近いのにずいぶん日がのびたなあと、いつもの角を左へ曲がった途端、ゾクッとした。風邪？　いやいや気のせいと強引に打ち消し、家に着くやいなや長ネギと梅干しを刻み、湯に溶かし熱々を飲んだ。

翌日、目が覚めると喉が痛い。声も出しづらい。体に力が入らない。やっぱり風邪をひいてしまったようだ。

こんなとき私は、フレンチトーストを食べる。

とても大事にしている写真集『芋《いも》っ子ヨッチャンの一生』にこんな悲しい一文がある。

「芋太りで見事に肥えて来ましたが、牛乳も砂糖もバターもお米もなく育ったことが、粘りもなくこの世を短く終った原因でもあろうか」

敗戦後すぐに生まれたヨッチャンはたった5才で亡くなった。写真家だったお父さんが1冊のアルバムを作る。けれどそれはどんなに人に勧められても出版しなかった。お母さんが一度みたきり二度と開こうとしなかったから。大人になって写真家になったヨッチャンのお兄さんが、ご両親亡き後、世に出した。

元気を出そう、へこたれまいと思うとき、私は幼いヨッチャンが食べることのできなかったバターと砂糖と牛乳をたっぷり使ったフレンチトーストを作る。干からびたパンは大抵ある。卵二つに牛乳1カップ、砂糖は小さじ3杯だ。時間をかけていられないからそこにパンをぎゅうぎゅう浸す。温めたフライパンにバターは大さじ1杯くらい。ああ、ヨッチャン。不格好に焼いたパンを芋を抱えた表紙のヨッチャンにそっと差し出す。

枝豆

私は枝豆びいきである。盛りの時期は毎日食べたい。

しばらく前、駅ビルにあるちょっと値の張る八百屋さんに枝豆が置かれているのをみつけた。しかし1袋六百いくらもするのをやはり買うことができなかった。いくら好きでも高過ぎると諦めた。梅雨も明け本格的な夏がくれば手頃な値段になるだろう。それまで我慢しようと思っていた矢先、いつも立ち寄るスーパーに埼玉産と書かれた枝豆が「お買得389円」と出た。迷わず買って帰った。

茹でる時間さえもどかしく塩でもみ洗い、「今日はビールがおいしいぞ」なんてのんきに枝豆をグラグラと煮え立つ湯の中に入れた途端、足元がグラリと揺れた。

慌てて火を止め、ゲームに興じていた息子に叫んだ。

「地震、すごい揺れてる」

息子がテレビをつけてベランダ側の窓を開けた。

前日の口永良部島《くちのえらぶじま》の噴火で屋久島に避難した島民の人が、朝取ったという豆のつるをビニール袋いっぱいに入れて持っていた映像を思い出した。思い出すようじゃ駄目なのだ。思い出すよじゃ惚《ほ》れようが薄い、思い出さずに忘れずにと、父・ひさしの戯曲にもあった戯《ざ》れ唄ではないが、忘れては駄目なのだ。

あの人はあの豆のつるをどこかで調理できただろうか。東日本大震災のとき、炊き出しで出された豚汁を手に「火の通ったものが食べたかったからありがたい」と話していた人はいま自分の台所に立っているだろうか。

長い横揺れがようやく収まって私は再び鍋の火をつけた。いつのまにか逸る気持ちは失せ、湯気の立つ枝豆がなんともぜいたくに思えてならなかった。

蒸し鶏

小さな書店の棚の前で何気なく手にした1冊はシャンソン歌手、石井好子さんのものだった。

亡くなる前年、七月に開催されたパリ祭で撮られた写真には、なんとも美しい86才の石井好子さんが写っていた。ほうれい線もバッチリあるし、結い上げた髪も白髪だ。それが信じられないほど美しい。なにより私がくぎ付けになったのは、スタンドマイクに添えられた細い腕と手の甲の美しさだった。使い込まれた手。手は脳に通じる。手を使って生きている人は間違いなく美しい手を持っている。色がどうとか指の長さうんぬんは関係がない。こんな手を持つ人になりたい。人に憧れやすい性質は数少ない私の美点だ。その日から「老いてこそ美しい手」が一つの目標になった。

何もしたくない、何もかも面倒というような日が時にある。とりわけ料理が作りたくなくなるのが私の常で、そんなときイヤイヤ台所に立つと、手が違うのだ。心で自分を戒めているつもりでも、手ばかりがぞんざいになっている。思わぬヘマをする。手を切る、熱いものをつかむ、材料を捨ててしまいたくなる。そうなったら一時休止、美しい手を思い、憧れ心にまじないをかける。

「卵ひとつでもおいしく食べる工夫をするのが幸せ」と。

目の前に転がる頂き物の蒸し鶏をどうしたものか困っていた。「これだけのものでどんなおいしいものをつくってみせようかと考えるほうが幸福」と、また次のまじないを唱えた後、キュウリ1本をきれいに洗い、細かい千切りにした。バンバンジーのソースのレシピはどこだっけ。冷蔵庫の隅っこのトマトもみつけた。

最中アイス

母方の祖父の家は東京・浅草橋にあった。家の真裏は「あけぼの」という小さな食堂で、表通りに面した入り口のほかに一つ窓があり、その裏窓から熱々のおでんと、おでんよりもっと名物だった最中《もなか》アイスが買えた。丸い最中の中にミルクのにおいのアイスがつまっている。それは私の大好物だった。

幼い頃、六月になると、祖父の住む町内にある、銀杏岡《いちょうがおか》八幡神社のお祭りに連れて行ってもらうのを毎年楽しみにしていた。

祭りの間、祖父も含めた町内の男衆は、浴衣の裾をたくし上げ、たすきをかけた装束になり商売そっちのけで祭りに興じる。祭りばやしのやむことのない三日三晩、そこいらじゅうが陽気でにぎやかで白夜のように暮れることがなかった。

その夏も白地に紺のそろいの浴衣を着せられた私と2人の妹は、例年通り山車《だし》を引きに行った。末の妹がまだ小さくて母に抱かれていたから、ずいぶん古い話である。

「休みたい」とごねる妹をだまし励まし数十メートル、ちょうど休憩場になっていた「あけぼのやさん」の前で最中アイスが配られた。

最中で挟まれたアイスには小さな木のおさじがついていた。最中の皮を先に1枚食べて、残った1枚を皿代わりにして中のアイスをすくって食べるためだ。いよいよアイスにと舌なめずり。

「あっ」半分溶けたアイスの重みで最中の皮はグシャリ、妹のアイスが地面に落ちた。下を向いた妹はすぐに顔を上げ私のアイスをジッと睨んだ。

口のまわりをベトベトにして得意気な妹の顔と、食べそこなった最中アイスは、戻らない遠い六月の思い出。

ポーカラインディアン

「そういえば最近、作ってないわね。今度また作りましょう」

五月雨の降る休日の午後、母が言った。母の家の大掃除を手伝う約束をしていた私は、前日の夜更かしがたたり大幅に寝坊、ようやく顔を出したところだった。まったく役に立たないと小言の合間に投げかけられたそれは救いの一言だった。

豚肉と、たっぷり刻んだタマネギを炒めカレー粉で味をつける。そこへケチャップ少々で甘みを加えた炒め物「ポーカラインディアン」は母の得意料理だ。子どもの頃、週に一度は食卓に並んだ懐かしい味だった。かれこれ30年食べていない。

「ああ、久しぶりに食べたいわ。作って作って」

　このところ暮らしがバタバタ荒れていた。心配事や面倒な雑用に気持ちを滞らせまいと動いているわりに充実感もない。しかも、梅雨だ。心が湿気っていた。

　そんなときのカレー風味はなかなかいいかもしれない。カレーライスとなると好まない私だが、ちょこっと心にスパイスを振りかけてジメつく気分を霧散させたかった。それは母も同じに思えた。七十過ぎの母親と五十過ぎの娘は、かび臭い古着の山、舞い散るほこり、捨てようにも捨てきれない小物と格闘しながら、歳月に奪われてしまった若さや期待より、きっと価値のある何かを探しているような気がふとしたから。それはみつけられないかも、みつける前に人生は終わってしまうかもわからない。でも気づいた。ポーカラインディアンの味は、いつだって流れ去った過去の最高のスパイスなのだと。

ぬか漬け

パン、パンと、ふすま1枚隔てた隣の部屋から手をたたく音が聞こえていた。9年前のちょうど今ごろ、コバエが増えて悩まされたことがある。

彼がまだ生きていて、私と息子が寝ついた後、1人で酒を飲みながら、毎夜、そのコバエを落とそうと両手をたたいている音だった。

「うるさいよ。起きちゃうじゃない」と責めると、彼は目を大きく見開いて首をすくめ困ったように、「すまん。だけど冷蔵庫を掃除したほうがいいぞ。ちっこいのがそこいらじゅうに……」とまたパンパンとやり始める。

酔っ払いめがと詰りながらも気になって、あの夏、毎日のように冷蔵庫の片付けをした。一度だけ青カビまみれの溶けたレモンが出て、犯人を見つけたと喜んだのもつかの間、コバエはいなくなってはくれなかった。何に集っているのか分からないまま夏が終わった。

事故で彼が死んだのはその年、九月のお彼岸だった。

線香の匂いにコバエも退散しないかとぼんやり座っていたある晩、なんとはなしに部屋の隅に積まれていた衣類の山を眺めていた私は、あっと声を上げ跳びはねた。服の下から大きな瓶がのぞいているではないか。恐る恐る蓋を開けると案の定、コバエが数匹逃げていき、ぬか床は白くかびて異臭を放っていた。

「ああ、やっと見つけたよ」

梅干しが腐ると凶と聞く。ぬか床も腐らせたら不吉と避けていたぬか漬けにいま再び挑戦中だ。二度とコバエはご免被ると心して、少々味気ないが密閉式ビニール袋で冷蔵庫に入れてある。キュウリにナス、大根にかぶ。浅漬けが私の好み。写真の彼はただ笑うのみ。

塩をふったラディッシュ

朝から雨、昼も雨、そして夜遅くなってまた雨、いや、気配がするだけで降ってはいない。夜半、眠れぬままに黒ビールの栓を抜き、私は父・ひさしの戯曲を開く。チェーホフを題材にした『ロマンス』が今宵のつまみ代わりだ。大好きな「原稿用紙」の場は、妹マリヤと、妻になる女優オリガの掛け合いせりふから始まる。

「あれ、大根のつまみ食い」

「塩をふった大根て、おいしいのよ」

演じる大竹しのぶさんと松たか子さんのはしゃいだ声の記憶をなぞる。

チェーホフの帰りを待ちながら夕飯を作る2人がつまんでいるのはラディッシュだ。初演当時、制作に関わっていた私は、それを真似てよくラディッシュに塩をつけて食べていた。辛いなあと感じるたびに、「チェーホフ先生も塩をふった大根は前菜の中でいちばんおいしいと書いていらっしゃった」と大竹さんの弾んだ声でせりふが聞こえる気がしていた。

分厚く重たい芝居集のページをめくる音を聞いていると、なぜか頭に浮かぶ「backstage」の文字が、パッパッと電光掲示板のように光る。英国エディンバラで上演された父の戯曲を父の代理で観に行ったはるか遠い日、小さいが重厚な劇場の楽屋口のドアにその文字をみつけてワクワクしたあの気持ちがよみがえる。にぎわう表玄関よりこのドアを開けたむこうの喧騒《けんそう》こそ私の好きな世界だと、あのときノブに手をかけた。

夕食のピロシキの具は塩漬けキノコとタマネギの炒め物に決まり、劇中の女二人は満足げだ。フムフムそれもおいしそうだ。塩をふったラディッシュが無性に食べたくなる。

アジの干物

静岡・沼津に住む知人が干物を送ってくれた。なにくれとなく気にかけてくれるその人とは、作曲家・宇野誠一郎先生の死後、先生の残された仕事を介して知り合った。

宇野先生は忘れることのできない恩人だ。人を傷つけさえしなければ大抵のことは大丈夫と教えてくれたのも、自分で自分を大事にすることを教えてくれたのも先生だった。干物の彼もまた宇野先生を恩人と仰ぐ。私たちは同じ師を持つ友人と言えるかもしれない。

干物を冷凍庫にしまいながら、そういえば1人で暮らすすぐ下の妹が、焼き魚が食べたいとしきりに言っていたなと、自転車を走らせて2枚を届けた。

「すっごく、おいしかった。骨までしゃぶって食べちゃった」翌日、そう電話があった。脂ののったちょうどいい塩加減のアジの干物は昨夜の我が家の夕ごはんでもあった。身をほぐして白いご飯の上に置くと、息子も「うまい、うまい」とよく食べた。焼き過ぎないよう弱火で慎重にジワジワと焼いたのだ。

「うん、おいしかったね」

受話器を置いてから「骨」がひっかかってきた。私の寝床の片隅にある死んだ彼の骨壺が気になり出した。さびしいからと言い言いそのままにしてきたが、そろそろしっかり考えてあげなくてはいけないかもしれない。

ちょうど今、『原爆供養塔　忘れられた遺骨の70年』（堀川惠子著）を読んでいる。死んでいった人の生きた証しは目に見えるものばかりではないけれど、遺骨はまぎれもなくかつて命の一部だったものだ。干物がもたらした夏の気づき。

シジミ

会ったことのない人でもいいから、あなたが芝居をみてほしいと思う人に招待状を出しましょうと、父・ひさしの主宰する劇団に入ったばかりの私に、教育係だった人は言った。30年も前のことだ。

私は詩人の石垣りんさんを選んだ。

公演の度にしっかりした大きな字で「欠席」の返事が届いた。いらしてはくれないだろうと諦めながらも招待状を出し続けた。あるとき、いつだったか何の芝居だったかもすっかり忘れてしまったが、劇場の入り口にベレー帽をかぶった小さなおばあさんが立っていた。そして、しどろもどろなあいさつをする私にニコニコとほほ笑んだ。

最近しばらくぶりに、石垣りんさんの随筆集を読み返しているのは、うれしかったそのときの思い出のせいばかりではないだろう。

「戦争の記憶が遠ざかるとき、戦争がまた私たちに近づく。そうでなければ良い」

そうでなければいい。

梅雨があけた。夏がくる。石垣りんさんの言葉を借りれば、夏は来るのではない、こちらが生きて夏に到達するのだという感じか。銀行で働きながら家族を養い、4才で死に別れた生母ばかりか何人もの身内を見送った悲しくも強い詩人。石垣りんさんに憧れた私もずいぶん年をとった。

腎臓に良いと知り、腎臓がわるい息子にシジミの味噌汁をしょっちゅう作る。深めのボールに塩水をはり、ゴシゴシこすり洗ったシジミを入れて口をあけて声を出しやしないか耳をすます。石垣さんの詩にあるように「ドレモコレモミンナクツテヤル」なんて言わない。ただただ良いエキスをいっぱい吐け吐けと念じる。

焼きそば

「みえこちゃん、あーそぼ」

子どもの無遠慮さで勝手に家の中に入ると、玄関から丸見えの台所でみえこちゃんは決まって焼きそばを食べていた。おそば屋さんで丼物に使う唐草模様の器に入った焼きそばだ。母が作る焼きそばの具はキャベツとコンビーフだった。みえこちゃんちの焼きそばには脂身の肉が入っているのが見えた。甘いソースの匂いがした。

「わあ、おいしそうだな」

いつもそう思いながら玄関の上がりかまちに腰かけて、みえこちゃんが焼きそばを食べ終わるのを待っていた。

この前の日曜日、近所の商店街の夏祭りに行った。ムッとする熱風の吹く夕暮れ、紙コップの生ビールを飲みながら縁日を歩いた。

息子を誘ったが、今年も断られた。去年は、「行かない」と動こうとしない息子にいら立った。友達を誘って行けばいいのにと、楽しもうとしないのは育てた私が悪いのかと落ち込んだ。息子が友達から仲間はずれにされていると知ったのは夏も終わり、冬になってからだった。

人混みの中で何人か知った顔を目にした。去年の夏休み前まで毎日のように家に遊びに来ていた子たちだ。

「どうってことないさ」と、私はぬるくなったビールを飲み干した。

道ばたにしゃがみ込んだ幼い男の子が一心に焼きそばを食べていた。焼きそばしか見えていない一途な表情は思い出の中のみえこちゃんと同じ、ついこの間まで私が見ていた息子の顔でもあった。

いつまでも子どものままでいられたらいいねえと、思わず口を開きそうになり、私は慌てて焼きそばを待つ行列に並んだ。

ふり塩

先週の土曜日は、私の住む町の花火大会だった。夏の楽しみの一つ、といっても人混みの苦手な私は打ち上げ場所である川べりには近づかない。川からずいぶん離れたマンションの前に立ち、空の一角に少しだけ見える花火を楽しむのが例年の決まりだ。

時間になると、私は缶ビール、息子はスマートフォンを手に表へ出た。間際まで枝豆のゆで上がりを待っていた私の指には塩がベタベタと付いていた。その指をなめなめビールを飲んだ。きれいだなあと見上げ今年はなぜか涙がにじんで仕方がなかった。去年まではそんなことはなかったのに、一年の時の重みが、過ぎた日への郷愁が、去年とはもう異なる重さの年齢になったということか。

花火を見ながら『イヌの仇討』という父・ひさしの戯曲を思い出した。私も同行した山形での公演で、舞台監督率いるスタッフが仕掛け花火を見せてくれたことがある。舞台がはねた後、バスに揺られて着いた広い空き地はただただ真っ暗な闇。そこに瞬間、小滝のような花火が流れた。帰りのバスの中で若い女優さんが後部座席の舞台監督を振り返り、瞳をキラキラさせて言った。「お金の使い方が初めてわかったわ」

討たれた吉良上野介側から忠臣蔵を描いたこの戯曲の中に、饗庭塩《あいばじお》と赤穂塩の競り合いうんぬんのくだりがある。指の塩をなめながら、あれからもう何年たったのだろうと数えた……まもなく30年だ。

気がつけば私と息子の他に1組のカップル、そして前掛けをしたままの老婦人が2人、空を見上げていた。子供のように指をしゃぶり、私もにじむ空に顔を向けた。

カボチャのマリネ

パート先は、パッチワークで使う生地や用具の通信販売を行っている会社だ。私以外のパートは手仕事の好きな人揃い、社員にいたってはパッチワークの先生ばかりだ。

裁ちばさみで生地を切る。ハンカチのように愛らしく裁断された生地を畳む。裁ち方にも畳み方にも作法があり容易ではない。勤めて2年。いまだに覚えられない多種多様な生地、数百もの道具類。受注から発送するまで、幾重にもくり返される確認作業。手先は不器用このうえなく、やること万事大ざっぱな私は途方に暮れた。ああ、これまで私は遊んでいたようなものだった。かつて仕えた芝居の神様に頭を垂れる。

一度辞めかけたことがある。一人前の仕事はできないまでも休まず勤めようと気負っていたら風邪をひいた。1日休みをもらったら、それきり行くことができなくなった。連絡もせずに何週間もたったころ、責任者である主任から電話がかかってきた。

「迷惑をかけたりかけられたりしながら仕事をする。それが社会人よ」胸に応えた。

明日からお盆休みという日の昼ごはん、主任が箸でつまんだカボチャのマリネの鮮やかな色に目を見張った。

「野菜をオリーブオイルでサッと炒めて甘酢をかけるだけ。カボチャとタマネギは欠かせないの。甘みが欲しいからね。炒めるのがひと手間だけど、なんでもひと手間かかるもんでしょ」と主任は言った。早速、夕ご飯に作ってみた。ナス、ズッキーニ、シメジと、なるほどタマネギとカボチャはひときわ甘い。酢の苦手な息子もみるみる平らげた。ひと手間を惜しまず、それが極意と教えられた。

夏の終わりのかき氷

夕方の風はもう秋だ。確かに暑い夏だが、夏は毎年駆け足で過ぎていく。引き留めたくなるほどさみしい。

戦後70年の敗戦の日の翌日、自転車に乗って夕飯の買い物に出かけたのは午後5時過ぎのことだった。

天気は崩れる予報だったが空はきれいなオレンジに色づいていた。思わず見とれてペダルをこぐ足を止めた。

小学生の頃、夏休みになると、私と二人の妹は母方の祖父母に預けられ千葉・御宿を訪れた。ひと夏を過ごすために父が借りた小さな家は漁師の伊藤さんの家の離れだった。いとこたちも加わって、にぎやかな夏を中学に上がるまで毎年そこで過ごした。

伊藤さんの家にはおばあさんがいた。毎日、道端に置いた木箱に座って口をモグモグさせながら海を見ていた。そして、私たちが海岸から引き揚げてくるとなにかしら声をかけた。歯がないので何を言っているのか分からなかったりするのだけれど、八月も半ばを過ぎると、黄色いシロップをかけたほとんど溶けたかき氷を食べながら決まってこう言った。

「お盆が過ぎっと波が荒れて、クラゲが出るから海にはもう入れんでしょう」そしてニヤーッと歯茎を見せるのだ。

私もつられてニヤーッと笑い返しながら、夏が終わろうとしていることに気づく。あの時も今と同じ風が吹いていた。あの時もいく夏を引き留めたくて仕方がなかった。とうの昔に亡くなった伊藤さんちのおばあさんは、今もあの場所にいて、海を見ているような気がした。

「そうだ、かき氷を食べよう」夕飯の献立も決まらないまま私はスーパーへと急いだ。

ラスク

先週末、作曲家の宇野誠一郎先生をしのぶ音楽会を聞きに山形市へ出かけていった。会場は劇場「シベールアリーナ」だ。山形蔵王を見上げる景観が素晴らしい場所にある。

シベールはラスクを中心に洋菓子を作っている会社だ。亡き父は一目見て「ここはまるでボローニャ（イタリアの都市）だ」と言ったとか。名付けて「シベールファクトリーパーク」には、ラスク工場やレストラン、菓子店、パン屋があり、確かに小さなひとつの町のようだ。

先々代の社長と父が意気投合し、そこに劇場と図書館が加わったのは2008年のことだ。自前の劇場があれば……父のそんな夢を先々代の社長はかなえてくださり、客席数500余りの劇場と、父の蔵書約3万冊からなる図書館「遅筆堂文庫山形館」が誕生した。ラスクをかじりながら、父は何を夢見ていたのだろうかと想像する。

切符を買うところからすでに観劇は始まっているのだぞと父はよく言っていた。たとえばチェーホフ作『三人姉妹』の夜の部の切符を買った人がいるとする。彼、もしくは彼女は、劇が始まる前に図書館に寄り、うろ覚えのせりふを今一度頭に入れておこうと考える。図書館の窓からは美しい山々。開演前に軽く何かおなかに入れておきたくなる。あそこに見えるのはレストランだ。観劇後にはレストランでラスクをつまみにワインでも飲んで帰ろうか。休日はそんなふうに過ぎていく。そんなところだろうか。そうそう、未亡人の手を借りて、未亡人横丁を作ろう……なんて、編集者の皆さんと盛り上がっていたこともあったっけ。

夜食にもってこいのスパイシーオニオンという味のラスクを味わいながら、無性に父と、もう一度話がしたくなった。

シイタケと裏庭

一日おきに作るのがシイタケのオリーブオイル焼き。軸を取ったシイタケを皿に並べ、薄切りのニンニクに塩、オイルをかけてトースターで焼く。それだけの簡単料理だ。

シイタケを見ていると、中学に上がった年から22才まで住んだ家の裏庭を思い出す。一緒に暮らす母方の祖母は草花の大層好きな人で、玄関には華やかな花を、台所から出入りをした裏庭には野菜を育てていた。青シソやサンショウ、キュウリ、ナス、トマトくらいのものだが、どれもこぢんまりと愛らしかった。

その裏庭には、父の書き損じた原稿用紙を燃やすための小ぶりな焼却炉もあった。毎日、夕方になるとそこに祖父が火をつけた。焼却炉の近くには水道があり、水を受ける大きな木樽。その木樽に寄りかかるように、頂き物のシイタケの原木が立てかけてあった。

祖父が家の中に入ってしまった後、よもや火事になってはと、母の「ごはんよー」と呼ぶ声が聞こえるまで私はよく燃える火を眺めながら時間を費やした。

記憶の中で、その時間はいつも秋なのだ。台所からサンマを焼く匂い、食器の触れ合う音が聞こえる。書斎に適した部屋を求めて家中を転々と移動していた父が、ひげを剃りながら窓から顔を出し「おう」と言う。

「もうすぐごはんだよ」と父に手を振って応え、原木にへばりつくように生えていた小さな小さなシイタケをなんとも満たされた気持ちで私は愛でていた。

あのとき夢見、思い描いていた未来は両手からこぼれ落ちてしまったが、シイタケ好きは変わりなく私の手中に残った。

養命酒

7年前、上行結腸憩室炎で入院をして以来服用している薬を夏のあいだ切らしていた。

もらいに行けば済むものを、なじみの医院まで電車に乗らねばならぬことが面倒で、暑さも理由に延ばし延ばしに不調に堪えていた。なるべくおなかによさそうなものをと気にもかけ、酒と名のつくものは養命酒ひとつにしぼった。ようよう腰をあげ、いつもの薬一式を処方してくれる医院のある東京都台東区・浅草橋へ行ったのは、晴れているかと思うといきなりのどしゃ降り、そんな九月のある日のことだ。

お医者さんは聞き上手に限る。「この辺がああでこうで」と不具合を身ぶり手ぶり交えて訴えるだけで、かなり具合が良くなった気になる。

「今度は薬がなくなる前にいらっしゃい」

もらった薬はお守りとかばんに入れ、その足で同じ町にある母の会社を訪ねた。

母と私は気の合わない者同士だ。縁あって親子だが、母は私を「とろい、遅い、じれったい」と歯がゆく感じているようだし、私は私で「不安定で不安な人」と母の行動に安心したことがない。

具合がわるいと言えば「治しなさい」、仕事がないと嘆けば「作りなさい」、それも「命懸けで」と手厳しい。しかし、その日も「やっとあんたの天中殺が明けたのよ。これから良くなるわよ」とお決まりのせりふを口にするのは母なりの励ましなのだろう。

父は天、母はやはり大地だ。どんな不安定な大地でも足元を支えてくれている。

その夜、薬がある安堵からビールに手を伸ばしかけた。いかんいかん、授かった命を養う努力をせねばと、養命酒を注いだ。

秋鮭

ニホンザルがライチョウのひなを襲って食べたというニュースを見た日、夕飯はチキンのバジル焼きにしようと思っていた。息子は鶏肉なら文句を言わないうえに、以前作ったときもピースサインをくれた。しかも簡単だ。フォークで穴を開けたモモ肉一枚、ニンニク一片のみじん切り、酒、オリーブオイル、乾燥バジルと塩コショウをビニールに入れ揉み込んで15分おき焼くだけだ。焼き色がついたら裏返し火を弱めて蓋をする。蒸し焼きで仕上げるので、私の恐れる生焼けも避けられる。

ああ、しかし、テレビにはニホンザルにガバッとつかまれたライチョウの足が、噛みちぎられたさっきまで生きていた体が映っている。

木の実や果物を主食とするはずのサルが生肉はおいしいとなれば、いずれ、人間も食べられるかもと感づくのではないか。ハタと思う。これは『猿の惑星』の前ぶれではないかと。専門家は、群れで生活するサルの一匹がライチョウの味を知っても、他のサルが真似をするまでには時間がかかると話していたが、気がかりだ。サルの食べるものが減っているにちがいない。サルにとっての死活問題は即人間にとっても同じはずだもの。

サルの手とライチョウが目にチラチラとして、鶏肉を調理する気持ちが萎えた。

せっかくの献立が揺らいだままスーパーに行った。目の前に現れたのは秋鮭《あきさけ》だ。大きく「いまが旬、一年で今だけ、とりたて天然秋鮭」と貼り紙がしてある。「今だけ」に気持ちが動く。鮭も生きもの、鶏と変わらないのに生々しさがない。ホイル焼きにすればこれも生焼けの失敗はない。チーズをのせれば息子も喜ぶ。今日は秋鮭で決まり。

米（ライス）

深夜、炊飯器のスイッチを入れた。このごろはほんの少しの麦を米に混ぜて炊いている。死んだ父が40代の頃、尿から糖が出た。減量しなくてはと、しばらく麦ごはんを食べていた。珍しくていっしょに食べてみると、パサつきのあるあっさりした歯応えが思いのほか口に合った。それを思い出しての麦ごはんだ。

明かりをおとし寝ようとしたが寝つかれず、一度消したテレビを再びつけてみる。安保法案を審議する特別委員会が、消したときと同じ休憩中のまま映しだされた。

プップッと水を含み粒のふくらむ音が炊飯器から聞こえてきた。

このあいだのひどい大雨でコメが全滅した農家もあると新聞で読んだ。断然ごはん派の私、コメの不作が気になる。

本棚から父の戯曲集を取りだした。折しもこんな夜は政治学者吉野作造の評伝劇『兄おとうと』がピッタリだ。

炊飯器から湯気が上がり、ごはんの炊けるいい匂いがしてきた。

文字通り鼻をクンクンさせながら「おにぎりの場」を読む。関東大震災直後、中国から訪ねてきた教え子に吉野作造博士が話して聞かせる。

「国もおにぎりと似ている。なにを芯にして一つになるのか、そこが大切なんだよ」と。

それは民族？　ことば？　宗教？　コメの文化？　歴史？　と問われていわく「ここで

ともによりよい生活をめざそうという願い。人びとのその意志と願いを文章にまとめたものが、憲法だ」

「ピピピ」ごはんが炊けた。いま食べたら全部ぜい肉だと知りながら、梅干し入り海苔むすびをひとつ、握って食べた。

大根

夕方のスーパーで大根を1本買った。普段は半分に切ってあるものを買うのだが、その半分がその日はなかった。使い切れるかなあと大根の前で躊躇していると小さな子供を連れた若い母親が隣に来て、ヒョイと片手で1本、無造作に買い物カゴに入れ、颯爽とその場からはなれて行った。後ろ姿を見送りながら妙に感心して、「大根1本使い切れなくてどうする」と、大人げなく張り合って思わず買い物カゴに入れた。

さて、なにを作ろう。週末のせいか家族連れが多い。品物を手にあちらこちらでなにやら相談をしている様子。それを横目にひたすらカートを押して歩く。

大根おろしでは能がない。苦手な練り物抜きのあっさりおでんにしよう。こんにゃくとちくわぶと昆布、息子にウインナー巻きを奮発する。

うーむしかし、おでんだけでは丸ごと1本使い切れない。あと1品と悩んだ末に鶏のモモ肉を1枚、えいやっとつかみ帰って来た。

冷蔵庫をかき分け探すと、ゴボウ半分、ニンジンに厚揚げの残りが出てきた。買ってきたこんにゃくの半分をまわせば大根入りの筑前煮が作れそうだ。

まず、だし汁をとる。大根を下ゆでしなくちゃ、こんにゃくのアク抜きに厚揚げの油抜き、下拵えだけでてんてこ舞いだ。

「できたよお」と息子に声をかけたとき時刻はすでに午前0時だった。

「だからさ、1品でいいって言ったのに」待ちくたびれた息子はあきれ顔だ。

「ごめん、ごめん」

だがしかし、奮闘の甲斐なく大根はまだ15センチ残っている。

煮込みハンバーグ

夜風の冷たさは秋というより、もう初冬のようだ。十月の空は九月の空の高さをさらに一段上がった高いところにあるような気がするのは私だけかしら。好きな季節だ。

最初の日曜は息子の16才の誕生日だった。

当人がまるで他人の誕生日のごとくすまして隣にいるからなおのこと、あのときこのときの泣き笑いが次から次へと浮かび、こちらは感慨深い。

「今日の夕飯なににしようか？　食べたいもの作るよ」と、最近きくのをやめていた一言を投げかけると、面倒くさげにそれでもすぐさま「ハンバーグ」と答えた。

私の作るハンバーグはいつだって煮込みハンバーグだ。なんの工夫も隠し味もない。当たり前の材料を使ったふつうのハンバーグである。ただ、煮込むためのソースだけは本で覚えた。赤ワイン50cc、水１５０cc、砂糖小さじ１、ケチャップ大さじ4、ウスターソース大さじ2、固形ブイヨン３分の１個、バター10グラムを、焼き色のついたハンバーグに注ぎ入れ、とろみがつくまで煮込むのだ。

合いびき肉をこねながら、息子が生まれた日の空の色を思った。出産後、ひとり残された分娩室《ぶんべん》の窓から空が見えていた。ほんの少しの隙間からソーダ色のきれいな空がのぞいていた。私は決して不幸にはならない。なぜならあの子が生まれてきてくれたからと、確かにあの瞬間思ったはずだったが、あの日の私はどこへいってしまったのかしら、ハテナ。「あと何分かかる？」息子の声にハッとフライパンを見やれば、ソースがブツブツ泡立った煮込み過ぎハンバーグが私を待っていた。

ながらビール

劇団にいた頃は外でよく飲んだ。酔うために飲んだ。酔わなくてはつまらないと思っていた。まわりに呑兵衛《のんべえ》も多く「負けるもんか」と一生懸命に飲んだ。

しかしここ数年は、外で飲む機会はほとんどない。家で、もっぱら「ながらビール」だ。料理をしながら、テレビを見ながら、本を読みながら、受話器を片手におしゃべりしながら、ボーっと明日を段取りしながらのビールタイムだ。

時折、ながら時間が長引いてしまい酔っ払ってしくじる。床に転がったまま寝る。風呂場で歌う。便器をかかえ動けなくなる。そんな醜態を散々見てきた息子は私が缶ビールの蓋を開けるたび「飲み過ぎないで」と釘をさす。

つい先日、息子が学校の行事で1泊旅行に出かけた。夕飯づくりを一晩しなくていいというだけでなんという解放感だろう。たまたまその夜は知人と会う約束があり夕方過ぎ私は都内に出かけた。

旅先の息子を案じながらも、久しぶりに「とりあえずビール」とカウンターに座り、おいしい家庭料理をごちそうになった。今日は自由だ、酔って帰ったとしても、明日の夕方までにしらふに戻っていれば息子が心配することもない。何杯飲んでも二日酔いにさえならなければいい。なんなら一人で、もう一軒寄っていこうが構わないのだ。なんて楽ちんなの。

ところがビール2杯飲んだだけで私はしっかり家へ帰ってきた。帰りを待つ人がいなければ自分は何者でもない……そんな気持ちになっていた。シャワーを浴びさっぱりすると、明日の夕飯なににしようと思案しながらビールの蓋を開けていた。

赤いリンゴ

今年の梨はハズレがなくて、どれも瑞々しくおいしかった。いつのまにか梨は陳列棚の片隅にちんまりと置かれるようになり、いま、私が毎日立ち寄るスーパーでは、リンゴのオンパレードだ。

早生《わせ》ふじ、シナノスイート、トキ、秋映《あきばえ》、アルプス乙女、紅玉、陽光と、色といい甘い香りといい鮮やかで、つい手に取って眺めまわし、必ず一つ買って帰る。

医者いらずと言われるほど体にいいリンゴ、腸のわるい私にはとりわけ良き果実であるリンゴを、いままであまり食べずにいた。皮を剝かなくてはならない面倒さもあるが、それは梨にしろ柿にしろ同じこと。どうもリンゴには重たい感じがつきまとっていたからだ。歯応えも硬い。

しかし、今年の果物にハズレがないことは梨で立証済み。さらに先日息子が1泊旅行から持ち帰ってきたお土産のリンゴ「陽光」が大層おいしかった。果汁たっぷりで酸味も少ない。甘さも程よく大きな実ひとつペロリと苦もなく食べられた。

「これはいいぞ、これからはリンゴだ」と決めたゆえんだ。

もうひとつ。このところ気持ちが低迷していた。持って生まれた性格、行動を起こすときの動機と手順、思考回路のクセ、つまずくところはいつも同じ、その質も変わらずだ。50過ぎてもまだマイナス、ゼロにも届かない。

そんな私の落胆した心にリンゴの赤い色はこのうえなく力強かった。生命の血の色に思えた。いただきと、思った。

いまも食卓の上に飾った名も知らぬ紅《あか》い花の隣にリンゴひとつ置いて、ささやかな、でも確かな秋の実りから滋養をもらっている私なのである。

ミルクとビスケット

恵比寿にあるテアトル・エコー劇場へ芝居を見に行った。

テアトル・エコー劇場に行くと、いつでも私の心は遠い過去へと飛んでいってしまう。

月の浮かぶ夜空を自由自在に駆け巡るピーター・パンのように軽々と時空を超えられそうな気持ちになる。

昭和44（1969）年、父はテアトル・エコーで劇作家としてのスタートを切った。第34回公演『日本人のへそ』だ。翌年、本格的小劇場テアトル・エコーが開場、その柿落とし公演作品として『表裏源内蛙合戦』を書いた。

その頃私はほんの子供だったが、テアトル・エコーに連れて行ってもらえるのが楽しみで仕方がなかった。おぼろげな記憶を手繰り寄せると、開演前の、人でごった返す入り口や、下足番として靴をそろえている父の姿、屋根裏から見せてもらった舞台、楽屋裏で目にした女優さんが身につけた衣装の黒い羽根飾りが、白黒映画の場面のごとくチラチラと浮かんで、そして消えてゆく。

なんといっても忘れられないのは、当時、幕間に配られていたミルクとビスケットだ。小さめのカップに少なめに注がれたミルク、そして昔ながらの甘いビスケット。手に取ったそれを大事に大事に惜しみながら食べた。煩いなきあのときの幸福感はおそらくもう二度と私が味わうことのできないもののひとつだろう。

人間は時間にはどうしても敵わないと言っていた父は、戯曲を書くことで時間を切り取り保管しようと挑戦したのではないかしらん。そんなことを考えながら私は、「あのミルクとビスケットよ、再び」と投書でもしてみようかなどと思案していた。

キムチ鍋

仕事を終えて外に出ると、なんとも寒い。シャツの袖を思いきり伸ばして拳をくるんで歩き出した。夕方5時過ぎの駅前は黄昏《たそがれ》ている。知らず知らずにため息が出る。

仕事場での失敗とそれに伴う叱責は、二度と同じ間違いを繰り返さないと自分に言い聞かせなんとかやり過ごせるが、息子に関する心配事のあるときはそう簡単に気持ちの切り替えができない。

誰かに話したい。意見を聞きたい。もっと言えば、こうするのが一番いいと教えてもらいたい。カーディガン一枚余計に羽織っていれば、大丈夫と思える場合もあるのだが、寒いと感じた途端、まるで裸でいるかのように「今すぐどこかに隠れたい」と体が地面に沈んでゆく。

ふと、「夫がいたって役にたたないわよぉ」というパート仲間の明るい声がこだまし、「そうかな、いるといないじゃ大違い」と空を仰ぐ。

駐輪場にとめた自転車のカゴに誰かが捨てたゴミが入っていた。不安な気持ちが怒りに変わる瞬間だ。

そんな日にはキムチ鍋を作る。あらかじめゴマ油で豚肉とキムチを炒めておきそれを豪快に入れる。白菜はもちろん、モヤシと豆腐とニラは欠かさず用意する。そして、フーフー言いながら一心に食べる。弱気は損気の意気込みで締めのおじやまで一気に食べる。キムチの辛さが邪気払い。豆腐は甘くてあたたかい。体がポカポカ火照ってくる。

隣で息子が額に汗して一生懸命に食べている。がぜん「なんとかしてみせるぜ」とそんな気持ちが湧いてくる。一夜限りのキムチ鍋パワーと知りながら。

クリームシチュー

襟元がスースーし始めるこの季節になると、私はクリームシチューが作りたくなる。とりたてて好物というわけではないのだが、野菜がゴロゴロ入った熱々の白いシチューが見てみたいのだ。小さな台所をクリームの匂いの湯気で充満させたくなるのである。

「ただいまあ」と玄関のドアを開けると、台所から「おかえりい」と応える母の声が聞こえ、いい匂いがしてくる。子供の頃、私が一番ホッとした瞬間だ。母がそうやって台所に立っているということは、父の締め切りもなく、原稿を待つお客様もいない。普段は忙しくて祖母に任せたきりの夕餉の支度を、このときとばかりに張り切って引き受けた母は何品もの料理作りに精を出した。奮闘する母の気配を感じつつテレビを見たり、用もないのに台所に行って、その日あったことを話したり、とても好きな安心できる時間だった。

そんな日にのぞいてみる大きな鍋の中身はクリームシチューだった。ミックスベジタブルの浮いた白いシチューだ。ちょっとしょっぱい、スープのようにサラサラのシチューだった。

あれから四十数年、「おかえり」と息子に迎えられた私は、「すぐごはんにするからね」

とそれに応え、所狭しとバタバタ立ち働く。ジャガイモもニンジンもタマネギも大きく切る。マッシュルームも入れちゃう。ゲームに夢中の息子が様子をのぞきにくることはない。がしかし、できた料理そのもの以上に、この作っているという気配が大事なのだと自分に言い聞かせる。こうしてシチューは完成し、私は何度も蓋を開けて、あたたかな白い色を確認する。

ミカン湯

ため息は命を削る鉋《かんな》かな……と、窓ガラスに映る自分に向かってつぶやいていたら、ふっと風邪をひいた。

ちょうど出始めたミカンを買ったばかりだったので、喉を潤し体を温めようとミカン湯を作った。子供の頃、熱を出して寝ていると祖父が枕元に運んでくれた、ミカンの実をグチャグチャに潰したところに蜂蜜と熱湯を注いだ甘いホットドリンクだ。祖父のそれは皮ごとのミカンを半分に割っただけのなんとも大ざっぱなものであった。皮は湯でふやけてものみこめない。飲むには邪魔になるばかりだ。だるくてぼんやりした頭に冷却シートを貼り付けた格好のわるい姿で私は皮をむき始めた。ニスを塗ったようにピカピカ光るミカンの皮をみていたら、ずっと昔、大切にしていたオレンジ色の「サクラクレパス」を思い出した。

あれははしかにかかった5、6才のとき、「おとなしくふとんに入って絵でも描いていなさい」と12色入りのサクラクレパスをもらった。

クレヨンのように先のとがっていない太いクレパスは、まるで大人の持ち物のようにオシャレに見えた。中でもオレンジ色はとびきりきれいだった。他の11色はみるみる小さく減っていったが、オレンジ色だけは真新しいままだった。

宝石箱にしまったダイヤモンドであるかのように私はそれを時々取りだしては眺めた。ものすごくいいものを持っていると思っていたあの感じ、忘れていたなあ。

先のことを案じれば案じるほど「今」は頼りない。「今」私の中にある、ものすごくいいものを大切にするあの気持ちを取り戻せ。まずは風邪退治、カップに熱湯を注いだ。

お茶漬けさらさら

お茶漬けが食べたくなった。目を覚まし、「朝ごはんに何を食べようかな」とひとしきり頭を巡らせて、冷えた麦ごはんと、焼き鮭の残りが冷蔵庫にあったことを思い出したせいもある。

前日に試写会で見た山田洋次監督作品『母と暮せば』のワンシーン、吉永小百合さん扮《ふん》する母親が、暗い部屋の中で湯冷ましをかけた冷や飯を悲しくすする姿が脳裏を行ったり来たりしていたせいもあるかもわからない。

その試写会でプロデューサー・石井ふく子さんをお見かけし、子供の頃に毎週欠かさず見ていた「東芝日曜劇場」を懐かしく思い出したせいもきっとあったに違いない。

杉村春子、山岡久乃、奈良岡朋子という大女優3人が三姉妹を演じたドラマ『おんなの家』の中で、夜食のお茶漬けを食べるところが私は大好きだったのだ。

「なにもそんな言い方しなくたって……」と、妹たちになじられた長姉が茶わん片手に悔しそうに口にするたくあんのポリポリしたあの音……ああ、食べたい。

息子に「お茶漬けさらさら食べない？」と聞けば、「俺はトーストのほうがいいかな」と返ってきた。まあ、そうだろうなと、食パンをトースターに入れ、やかんに湯を沸かした。冷えた麦ごはんを茶わんに移し替え、硬く冷たい焼き鮭のかけらをのせた。そしてグラグラ煮え立った湯を注ぎ梅干しを1粒添えた。熱い湯は冷や飯に冷やされ、お茶漬けは即座にさらさらと喉元へ流れた。

湯でふやけた焼き鮭の塩味を感じるとそれを舌で惜しむように、私はおしまいの一口をかき込んだ。

みそ餅

ここのところすっかり頭痛持ちになってしまった。拳で頭をグリグリこすっていても埒が明かんと、近所の医院を受診した。医師は神経過敏体質からくる偏頭痛《へんずつう》でしょうと言う。神経過敏体質は年を取ってから出る場合もあるのだそうだ。若いときは気づかず見えずか、私には心に応える診断だった。

気づけば日付は十二月、大小さまざまな身辺の事柄に自分なりのくくりをしたくなる季節になった。心身共に若いときのままではいられないと告げられたようで、妙にしんみりと家路に就いた。

ちょうど帰ったところに、山形の友人から荷物が届いた。懐かしいみそ餅が入っていた。もち米に味噌と砂糖、ゴマにクルミを練り込んだみそ餅を父は夜食用にと、丁寧にアルミホイルにくるみ窓の外に紐でぶら下げていた。薄く切った1切れを一度だけ焼いてもらったことがある。甘くておいしいなと、もう1切れ食べたかったが、父があんまり大事そうに餅を扱うものだから「もっとちょうだい」と言えなかった。それ以後、食べたことも見たこともなかったみそ餅を目の前に、私はうれしくなり、すぐに2切れ取り出してトースターに入れた。プーンとゴマの焦げるような香ばしい匂いがした。

「俺の年になると、若いときの何倍も時間が大事に思えるんだよ」

ふーんと聞き流してしまった父の言葉を思い出した。

シコシコした弾力のある餅は記憶していたままにほんのり甘く、丁寧にナイフで餅を切る父の姿が浮かんでみえた。時は戻らずだ。これから少しずつ少しずつ自分を作り変えてゆくのだと、私は餅を強く噛み締めた。

先生のお赤飯

冬晴れの日に、41年前のクラスメート8人で恩師を訪ねた。小学校4、5、6年の担任の先生だ。2人のお子さんもそれぞれに独立し、2年前にご主人を見送った先生は81才になられたいま、住み慣れた家で一人暮らしをしている。

小学校卒業以来、年賀状一枚出したことのない私とは違い友人たちの何人かは先生への連絡を絶やさずにいて、その日の訪問もそんな旧友によって私にもたらされたものだった。「人生の中で出会うもっとも幸運なことは、幸せな子供時代を持つことである」と、作家、アガサ・クリスティーも書いた通り、私も幸運な人間の一人である。楽しかった子供時代、無邪気だった私、心の中は未来への期待でいっぱいだった。先生を囲み旧友とおしゃべりに興じていると、あの頃のすべてが戻ってきたような気持ちになる。

先生の負担にならぬようにと仕出し弁当の手配もされていた。けれども先生はご自分でもお赤飯を作ってもてなしてくださった。桜色したお赤飯だった。

おじさんおばさんになった私たちに向かって「みんなかわいいままよ」と、誰が何を話しても「えらいえらい」と褒めてくれる。「あなたは昔からそうだった、あなたならだいじょうぶ」と言う先生の優しい声のトーンは少しも変わらない。ゴマ塩の振ってある冷めて硬くなったお赤飯を嚙みくだきながら、台所へ立つ先生をふと見れば、先生のスカートの茶とえんじの格子柄に見覚えがあった。黒板の前の若い先生がたちまちよみがえる。ああ、人生は涙の谷。口の中で小豆が割れ、もち米の香りと塩気がいっぺんに広がった。

根菜

息子が最初に発した言葉はたしか「ねえ」だった。同意を求める「ねえ」だ。私の顔を見て小首をかしげ「ねえ」と繰り返す。同じように「ねえ」と返せばそれで満足していた。次が大根の「こん」、それからニンジンの「ジン」と続いた。離乳食が、みそ汁の大根だったり、塩ゆでニンジンだったりしたせいか、「こん」と「ジン」を好んで食べた。

つい先ごろ、息子の通っている高校で音楽会が開かれた。全校生徒十数人の小さな高校だ。四月に入学してから習い始めたバイオリンを披露し、皆で合唱をするという。

息子が学校にまったく行かなくなったのは中学3年の夏休みが終わってすぐのことだった。「行け」と言えなかった私。学校なんて行かなくったっていいと、そう言ってあげたかった。けれど私はいつまでも側にはいられない。いつか息子は一人で生きていかなくてはならなくなる。そのときのために、せめて高校までは卒業しておいたほうがいい。どうしようと悩んでいるうちに三月になった。たまたま町の広報紙で「不登校の経験のある生徒募集」の文字を見つけた。わらにもすがる思いとはあのことだと今思う。

「すさまじいほど楽しかったあ」と家に帰るなり息子は眠ってしまった。遅い夕飯になるだろうと、大根とニンジンで味噌煮込みうどんを作ることにした。じっくりだしを取り鶏肉も加えた。生うどんは粉付きのまま入れると、ちょうどいいとろみになる。以前そう教わった。そこに味噌を溶かし入れ、じんわりじんわり味が染み込むのを待つのだ。学校に行かれなかった日々に失くした自信という栄養を「こん」と「ジン」が吸いあげて、あの子の根っこを支えてくれますように。私がいなくなっても生きていかれる、絶対、きっと、必ず。息子の寝顔に「ねえ」と呟いた。

偽シャンパン

今日はクリスマスだ。息子が幼かった頃は小さなツリーを飾り、プレゼントにケーキも用意してささやかながらお祝いのまね事をした。しかし、ここ数年は、普段と何一つ変わらない夜を過ごしている。

ただひとつの例外は子供だましの偽シャンパンだ。甘い炭酸水である偽シャンパンをとっておきの足の長いグラスに注ぐ。偽ではあってもシャンパン入りグラスは日常にない小粋な小道具だ。そこで私は気分が良くなり、決まって大好きな映画『ローマの休日』を見たくなる。

『ローマの休日』を初めて見たのは13才の時だ。家族そろって出かけたオーストラリアから、母と妹たちが一足先に日本に帰ることになった。父と見送りに行き、二人でトボトボと部屋に戻ってきたらなんともいえず寂しくなった。気晴らしにとつけたテレビにオードリー・ヘップバーンが映った。愛らしい姿でカフェに座り、フランスパンらしきものをちぎり、おいしそうに噛んでいた。英語のせりふは皆目わからなかったが「シャンパーン」だけを聞き取ることができた。「これはもしかしたら、あの有名な『ローマの休日』ではないだろうか？」私は寂しさも忘れ、美しくシャンパングラスを口に運ぶヘップバーンに見惚れていた。カフェでシャンパン、なんておしゃれなの。あの瞬間からシャンパンといえばヘップバーンが私の決まりなのだ。

酔うことのない偽シャンパンの甘さに閉口しながら、白黒画面に目を凝らし毎年クリスマスに私は同じことを考える。

「ヘップバーンの着ているあのシャツとフレアースカートはいったい何色なのかしら？」

甘酒

今年初めて口にしたもの、それは甘酒だった。

子供の頃、三が日が過ぎると祖父は必ず神田明神の甘酒を買いに行った。この甘酒は甘過ぎず、麴《こうじ》の粒々がおいしくて後をひく私の大好物だった。小鍋で温めると祖母が「体があったまるから飲みな」と、愛想のない声で促し茶わんに注いだ。

大みそかは例年通り母のところへ行き年越しそばを食べた。歩いて数分のところにある下総国分寺へ初詣に行こうということになった。思いのほか夜風が冷たい。手のひらをこすりこすり、坂の下の神社まで足を伸ばした。小さな神社には参拝の短い行列ができていた。秋にはギンナンをいっぱいに落とすイチョウの大樹を見上げ足踏みをしながら、私は「腎臓、腎臓」と念じた。

息子には左の腎臓しかない。その左腎が尿管狭窄《きょうさく》水腎症であるとわかったのは5才のときだった。薬を処方され、定期的な通院で経過をみていたが、ここへきて急に水腎症が広がり、外科的処置をする必要があるか否かの検査をした。難しい検査ではないと医師は言ったが、点滴と利尿剤を入れながら膀胱に通した管から尿量を測る検査は、16才の息子には厳しいものだった。ところが、点滴量を間違えたから検査をやり直すと言う。

「人体実験じゃないんですよ」

医師に向かって投げつけた自分の言葉が、澄んだ元日の夜空を貫き上っていった。「あったまるからどうぞ」と差し出された紙コップには甘酒が入っていた。「あったまるから飲みなぁ」と言ったら「いらない」と、突き返してきた息子の分までゴクゴクと私は飲んだ。

からすみ

三十数年前、劇作家・つかこうへいさんに料亭「吉兆」に連れていってもらったことがある。父・ひさしとの対談集を出すにあたって何回か行われた対談の一回に、つかさんは「吉兆で」と場所を指定した。さらに、私、ご自分の秘書、つか事務所の役者さんも同席させてほしいと編集者に要望した。「つかさんらしいなあ」と父は笑い、「なんてカッコいいんだろう」と私はひたすらつかさんに憧れた。

残念ながらどんな料理を食べたのかまるで覚えていない。ただ、きれいな陶器に薄く切ったからすみが2切れ、品よく置かれていたその情景だけを思い出す。

それがからすみという高級食材だと知ったのもずいぶん後のことで、口にしたそのときには、「なんかしょっぱくて生臭いねっとりしたもの」くらいにしか思わなかった。

からすみを思い出したのは、昨年末に長谷川康夫さんの書かれた『つかこうへい正伝 1968-1982』を読み、その数日後、舞台『熱海殺人事件』を観たからなのかもしれない。

「親がガタガタしていても、おまえはおまえの人生をちゃんと考えろよ」

両親が離婚するしないで揉めていたとき、電話に出た私につかさんはそう言った。私は「はい」と返事をした。自分の人生をちゃんと考えるということがどういうことなのか、だけど私はなんにもわかっていなかった。自分はどうしたいのか、どうしたくないのか、それを考えぬままここまで来てしまった。

いつか、もし、またからすみを食べる機会があったなら、私はその味をしっかり感じることができるのだろうか。私はこう生きていきたいのだと。

中華あんまん

パート先で「契約終了、継続不可」と通告を受けた帰り道、私は何十年ぶりかでホカホカの中華あんまんを買った。同じ通告を受けた人は私と同じシングルマザーで、その夜からすぐに仕事を探し始めたそうだ。次に会ったとき、「明日面接に行く」と聞いた。そのたくましさに感服するばかりの私は、あの日から毎日あんまんを食べている。なぜあんまん?と自問し、ずっと昔から大好きだったことを思い出した。

それは高校時代、行きたかった東京の学校を、あんたには合わないという母の陽気な一言で諦めた私は、千葉県市川市の家から歩いて20分の女子高へ進んだ。帰りのあいさつが終わるや否や一目散に家へと向かう、かなり太ったパッとしない女学生だった。

通学路に「じゅん菜池公園」と名付けられた遊歩道があり、池を囲むようにベンチが置かれていた。途中のパン屋さんで買った熱々のあんまんを食べながら、よくそこで時間を費やした。

「今日はじいやのお迎えのない日」と、愛らしいお嬢さまである私、目下買い食いの冒険中という物語を作り将来へ思いを馳せた。いつもどこか近くから、私が生まれた年に流行ったヒット曲『ヘイ・ポーラ』が流れてきた。知らず知らずただ丸暗記したその歌を、自分のテーマ曲のように聞いていた。

夕食後、あんまんを手にすれば「あんまんってさ、おいしいの?」とあんこの苦手な息子が聞く。「すっごくおいしいよ。食べる?」「遠慮しとく」

多少太っても構いやしないと頬ばれば、ほのかにゴマの香る甘いあんは、遠い青春を連れてくる。

揚げもの

数年前まで京王線八幡山駅の高架のすぐ近くに住んでいた。マンションの真裏に銭湯があった。

一緒に暮らした彼は銭湯なしではいられないような人で、昨日の酒を抜くために行き、汗といっしょに出し切ればまた酒を飲む。そのくり返しだった。

二月の寒い日、顔も洗わず髪も梳かずに息子を背に夕飯を作っていると、彼が揚げものを片手に銭湯から帰って来てホイと無言で私に手渡した。万事手際が悪く、2時間、3時間台所に立ちながら何一つ食卓に並べられない私を見越しての手土産だった。

包みを開くと手羽元の揚げもの数本と、アジのフライ、コロッケ一つが入っていた。手羽元は自分に、アジとコロッケは私用だと言う。助かったと内心思いながら「なに、これ？」と可愛げのない言葉を返し、私は背中で眠る子をおぶったまま甘いソースをジャバジャバかけて苦虫を噛みつぶしたような顔をして食べた。

隣で焼酎を飲み始めた彼から銭湯の湯気の匂いがして、それが真冬の外気の冷たさを思わせた。

彼が死んであの街を離れてから銭湯に行くこともなくなった。出来合いの揚げものに助けられての夕飯もいまは珍しくもなんともない。

だけど真冬のシンとした夜の静けさに、私はカランと銭湯の桶《おけ》の鳴る音を聞いたように思うことがある。そこがどこでも鼻をくんくんさせて、するはずのない銭湯の匂いを探す。冷えた油の匂いを恋しがる。親子三人、いまも変わらずあの街に住んでいるんじゃないかと、思わずにはいられなくなる。

ふうき豆

山形・かみのやま温泉にある老舗旅館古窯《こよう》の女将《おかみ》さんから「ふうき豆」が届いた。

ふうき豆はグリーンピースと砂糖を使った山形の和菓子だ。1粒食べると止まらなくなる素朴な味わい。クセのない甘み。しかし、日持ちがしない。小箱にぎっしりと詰め込まれたふうき豆に手をたたきながら私は焦る。賞味期限までに一人では食べきれまい。

「お父上からいただいたご恩をお返ししているだけ、山形の姉からだと思って気にしないで気にしない」と、恐縮する私に女将さんは言う。山形に行くことがあっても私は古窯に泊まるわけではない。それなのに山形美味を四季折々に送ってくださる。傷ませるわけにはいかないではないか。

そんなとき母から電話がかかってきた。妹の娘たちとすき焼きを食べるから息子を連れていらっしゃいと言う。

「あんたはどうでもいいの」と相変わらず強気の発言。私はいただいたふうき豆を持って行くことにした。母も75才を過ぎた。かつての夫のふるさと山形を懐かしむ口ぶりも増えた、ような気がしないでもない。

さて、差し出したふうき豆に母は笑って、まったく同じ小箱を私に突き出した。

「私に食べさせたいからって、届けてくれたのよ」

妹のところにも女将さんからのふうき豆が届き、妹もまたそれを母にと手渡していた。うれしそうに二つの小箱を冷蔵庫にしまう母を見ながら、私は再び焦った。

ご恩送りと父の芝居で習ったけれど、女将さんにもらったご恩を私はいったいいつ、誰かに返せるようになるんだろう。

キャベツラーメン

バレンタインデーの日曜日、昼過ぎに目を覚ますと、外は二月とは思えぬような暖かさ。風も強く吹いていた。寝過ぎたと飛び起きると、またしても息子がテレビゲームに興じていた。ため息をのみ込みカーテンを開けて言ってみる。

「あったかいからラーメンでも食べに行かない？」

「行ってみようか」

いとも簡単に息子を誘い出すことに成功した私はすっかり気をよくして、まずはグラスビールを頼んだ。若夫婦が切り盛りするしゃれた店構えの豚骨ラーメン専門店は、家から歩いて10分、高速インターに出る大通り沿いにある。看板メニューは炒めたキャベツを盛ったキャベツラーメンだ。「迷ったらこれ」の貼り紙通りに二人ともそれを注文した。豚骨というより煮干し風味の勝るスープをレンゲですすりながら、「うまい」とだけ息子は言う。おいしそうに食べる姿を見る喜び。心にガッツの火が灯る。ほろ酔い気分で「散歩しない？」と促すとこれまた思いがけず、すんなり承知した。たまには運動しなくちゃねとばかりに二人でテクテク歩いた。隣の町まで出て、息子が通う学校に寄り、休日出勤の校長先生に挨拶した。足の不自由な先生が椅子に座ったまま満面の笑みで応えてくれる。うれしそうにはにかむ息子を忘れない。

「こんなに歩いたのは久しぶりだね」春というより初夏を思わせるような日差しに汗ばみながら、見知らぬ路地を、迷路を解くようにキョロキョロ歩いた。

家に着いたら2時間ばかり時間がたっていた。

「長い散歩になっちゃったね」無言の息子の背に声をかけた。

おかずの選び方

高校の授業で、生け花を習うようになった息子が持ち帰った桃の花と黄色いユリの花が満開だ。

遊びに来てくれた知人に「好きなものをなんでもかんでも集めたまるで鳥の巣みたいな部屋」と言われた通り、雑多な物であふれている空間が、この自然の色彩、花の色のおかげでなかなかいい具合に見える。その色に慰められつつ夕飯の献立を考えていた。

息子は大好きなアイドルグループ「乃木坂46」のＤＶＤを今日も飽くことなくかぶりつきで見入っている。小言を言わず大目にみているのは、彼女たちが不登校だった息子を支えてくれた恩人だからだ。閉ざされた私と息子だけの家庭の中、彼女たちのヒット曲『何度目の青空か?』の歌詞をいつも二人で口ずさんでいたっけ。

ふと画面に目をやれば、彼女たちは、好きなものひとつだけをおかずに何杯ごはんを食べられるかを競い合っていた。ドレッシングをかける娘、天かすで食べる娘、なんと板チョコを選ぶ娘もいる。細い体のどこに入るのかと驚くほどの勢いでモリモリ平らげていく。白いごはんがなんともおいしそうだ。いただき。今日は私も好きなものひとつをおかずにごはんを食べよう。手抜きといえば大いなる手抜きだが、大事なのはとびっきり大きな喜びを得ようとすることではなくて、小さな喜びを最大限に楽しむことだ。そう教えてくれたのもまた若い娘、『あしながおじさん』の主人公、ジュディだった。足取り軽く冷蔵庫を開けると、常備してある大好物の粒ウニの瓶詰が目に入った。大好物のワカメで味噌汁を作り、私は3杯おかわりをした。

春の寿司

駅前の宝くじ売り場を横目に私は江戸通りを小走りに横断した。ここは東京都台東区・

浅草橋。二月末から勤め始めた新しい職場は、かつて長く在籍した劇団の事務所と同じこの町にある。江戸通りを隅田川に向かって右へ折れて柳橋中央通りを行くと左手に「梅寿司」が見えてくる。

劇団にいた頃、時折、梅寿司から握りずしの出前を取った。それは座付き作者の父が事務所に顔を出す日と決まっていた。例えばこれから先の演目を決めるようなときだ。「僕が金主です。話し合いが終わったら、今日はみんなで寿司でも食いましょう」演目を決めるには年間ごとの予算の相談もしなくてはならない。劇団代表としては経費削減を制作側に要求せざるを得ないが、作者としては景気よく寿司を振る舞うぞと、そんな気持ちだったのだろう。

あの日も寿司で休憩ということになり、大きな丸い寿司桶が二つテーブルに置かれた。マグロから食べ始める人、遠慮して巻物ばかりつまんでいる人、ウニ、イクラに目がない人、思い思いに箸を動かしていた。父は口をモグモグさせ伏し目がちに黙っていたが『父と暮せば』の二幕は、稽古が始まるまでにホンがあれば上演できるよね」と誰に言うでもなくボソッと口にした。皆が一斉に頷く。それは会議のたびに繰り返されるいつもの確認作業だった。

あの夜から何年たったのだろう。「あれから大地震があって、原発も爆発して大変なんだよ」と、東日本大震災の前年に死んだ父にそう教えた。あの時間を切り取り、現在に貼りつけたなら父は何をつぶやくのだろう。無性に寿司が食べたくなった。

焼きおにぎり

毎日2合の米を炊く。大抵余らせてしまう。普段は小分けにして冷凍するが、3月には焼きおにぎりにしておく。5年前の東日本大震災からだ。

小さな頃、同居していた祖母が毎晩のように長火鉢の上で冷や飯を焼きおにぎりにしていた。火の番をしながら編み棒を動かし、丸く握ったおにぎりに焼き色がつくと、小皿に入れたしょうゆの中に転がし、また網に戻す。それを何度か繰り返し、こんがり香ばしく焼きあげる。焦げたしょうゆの匂いに引かされてそばに行き、なんとはなしに祖母の手元を眺めていた。

持っている料理本にある焼きおにぎりは、もっと手の込んだものだ。ただしょうゆにつけて焼くだけではない。温かいごはんにしょうゆとみりんのタレをまぶしてから焼く。味付きごはんが甘くてそれもおいしいが、私が好きなのは断然しょうゆ味のしょっぱい焼きおにぎりだ。

3月は、他のどの月にも増して、あの震災が頭から離れない。5年前のあの日、私はただただ余震に脅えながら、テーブルの下に潜っていた。原発事故もひたすら放射能汚染の恐怖に震えていた。いまでもそうだ。昨日まで確かにあった日常の暮らしを根こそぎ奪われた人たちの苦しみを前に、なす術もなく、再び同じことが起こることを恐れているだけ。情けないほどやわである。

二つ三つの焼きおにぎりを拵えたからって、非常時の備えなどとはとても言えない。それでも、夕飯を終えた食卓の上に焼きおにぎりを置いて眠ることで恐怖心に蓋をする。この暮らしを壊されたくないという私なりの意思表示のつもりで。

春キャベツ

日曜の夕方のスーパーの山と積まれた春キャベツの前で、3才くらいの男の子が舌足らずの可愛い声を張り上げ叫んでいた。

「ママ、お願いだからキャベツ買って」

その子は自分の頭より大きなキャベツを胸に抱えている。傍らにお兄ちゃんと思われる少年が困ったような顔で立っていた。カートを押して先を行くお母さんと、キャベツを抱えて叫んでいる弟を交互に見やり、どうしたらいいかわからない様子だ。

「今日はキャベツはいらないよ。だから買わないよ」

お母さんはどんどん行ってしまう。それでもキャベツの子は泣きもせず相変わらず「ママ、お願いだからキャベツ買って」を繰り返していた。

そこへ現れたのはお父さんだ。ひょいと男の子を抱え上げるとそのまま自分の肩に乗せた。その子はうれしくてたまらない。両足をバタバタさせ笑い声をたてている。キャベツは鮮やかにお父さんの右手に手渡され、まとわりつくように歩くお兄ちゃん共々、家族は進み始めた。姿の見えないお母さんにすぐ追いつくだろう。

いい景色を見ちゃったと、私も小ぶりの一つを見定めてカートに入れた。ロールキャベツを作るのは面倒だ。それに春キャベツはあまり煮込まずその甘さを楽しみたい。かといって千切りキャベツではおかずにならない。あの男の子が買ってもらったキャベツは、今夜どんな料理になるのだろう。

結局、キャベツをオリーブオイルとニンニクで蒸し、塩で味付けして私は食べた。これは簡単でとてもおいしいキャベツの食べ方です。

ワンタンスープ

土壇場になって引っ越しを中止した。世帯数の少ない新築で、気に入って決めたアパートだったが、突然、その場所の見通しの悪さ、車の往来の激しさが気になって仕方がない。ここまできて……と悩んだ揚げ句、やめにした。すでに届けられていた段ボールの束に気持ちが揺れた。

台所に立つ気にならないこんなときには、昔のCMソングを口ずさむ。「ママの手は魔法の手、なんでもできちゃう不思議な手……」

私の手は「なんにもできない粗末な手」なのであるが、そこはご愛敬《あいきょう》、料理上手なママのふりして冷蔵庫を開ける。

一握りばかりの豚のひき肉とわずか5尾のむきエビを、さて、どうしたものか。2つ3つのひき肉料理を思い起こしてみる。その中で一番簡単なワンタンスープにしよう。長ネギをみじん切りにし、しょうがをすり下ろす。近所のスーパーにワンタンの皮を買いに走った。

エビをたたいてミンチにし、具材を全部あわせて練る。かたくり粉と塩コショウを振りまた練る。それをひとさじ皮に乗せ、少しずらして半分に折りバットに並べていく。ワンタンが整列しているようで気持ちがいい。上出来だ。

続いてスープを作る。昆布で出汁をとり、ガラスープの素、酒、しょうゆ、ゴマ油で味をつけた。昆布が香るあっさりしたこれまた満足の出来栄えだ。

魔法の手じゃないけれど、この手で生きてゆくしかない。段ボールは返せばいいや。湯気に満ちる台所で心の迷いが消えてゆく。

あとがき

この本は2014年4月4日から2016年3月25日までの2年間、毎日新聞・夕刊・金曜日「人生は夕方から楽しくなる」のコーナーで書かせていただいたコラム『ごはんの時間』をまとめたものです。

毎回、週のはじめの月曜日の朝が原稿の締切りだったので、私はチョコチョコと下書きをしたノートを傍らに、日曜日の晩パソコンに向かいました。

国語辞典と、毎日欠かさず拾い読みする大事な本『季節のかたみ』（幸田文著）と、大好きなコーヒー一杯と、根っこの歪んだ私の心を真っ直ぐに伸ばしてくれる曲『スマイル』（ナット・キング・コール）を、引いたり読んだり飲んだり聞いたりしながら文字を打ち込んでいきました。

新聞を読む途方もない数の人達に読んでもらうことを考え始めると、気の小さい私はなんにも書けなくなってしまう。だからだれかの顔を思い浮かべ、その人に向かって「こんなことがありました」「こんなものを食べました」と報告をするような気持ちで書きました。心の中の記憶と食べ物を結びつける言葉を探しました。

私と同じように今夜の献立に悩みながら今日も台所に立っているだろうお母さんを、やっと週末だとホッと一息、いま正に新聞を広げているだろう人を、くたびれたあ、やれやれ新聞でも読むかあと何気なく新聞を手にしただれかを想像しながら、その人に宛てて手紙を書くつもりで話しかけながら書きました。

いまもこうして一刻一刻と過ぎてゆく時間をなんとかして食い止める方法はないものだろうかと、幼い頃からずっと、もう50年以上も考えてきてこれという方法は見つけられずにいるけれど、この本の中に、切り取った時間が少しでもあって、それが皆様に伝わったらいいなあと願っています。

連載という機会を2年間も私に授けてくださった方、「何を一番伝えたいのですか?」と叱咤激励し書くことそのものを支えてくださった方、本にしましょうと埋もれてしまうはずだった私の原稿を拾い上げてくださった方、力を貸してくださった方々に心から感謝します。ありがとうございました。

そして、たくさんの本の中から、この本を選んでくださった皆様、本当にありがとうございます。

2016年　秋

井上　都

初出　毎日新聞　二〇一四年四月四日〜二〇一六年三月二五日

著者紹介

井上 都（いのうえ・みやこ）

1963年３月　井上ひさしの長女として東京都・柳橋に生まれる。

1987年４月　両親の離婚により、父より劇団「こまつ座」代表を引き継ぎ2001年まで務める。

2010年３月　同座を離れた。

著書に『宝物を探しながら』『やさしい気持ち』がある。

ごはんの時間《じかん》

井上《いのうえ》ひさしがいた風景《ふうけい》

発　行……2016年9月30日

著　者……井上《いのうえ》 都《みやこ》

発行者……佐藤隆信

発行所……株式会社新潮社

〒162-8711　東京都新宿区矢来町71

電　話　編集部　03-3266-5411

　　　　読者係　03-3266-5111

http://www.shinchosha.co.jp

印刷所……二光印刷株式会社

製本所……加藤製本株式会社

乱丁・落丁本は、ご面倒ですが小社読者係宛お送り下さい。

送料小社負担にてお取替えいたします。

価格はカバーに表示してあります。

ISBN978-4-10-350281-4　C0095

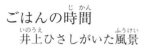